BESCHREIBUNG VON SAN MARCO

MICHEL BUTOR

Beschreibung von San Marco

Übersetzt von
HELMUT MOYSICH

Mit einem Nachwort von
HANNS-JOSEF ORTHEIL

Dieterich'sche
Verlagsbuchhandlung,
Mainz

Für Igor Strawinsky
zu seinem
80. Geburtstag

I. DIE FASSADE

Ah! – La gondola, gondola! – Oh! – Grazie! – Ich muss ihr unbedingt ein richtig schönes Geschenk aus Venedig mitbringen; denken Sie, so eine Kette wie die da könnte ihr gefallen? – Aber ja, das ist er! Ganz sicher, das ist er! Man trifft tatsächlich die ganze Welt hier! Garçon! Garçon! Cameriere! Etwas Eis bitte! – Oh! – Und wo wohnen Sie? War es schwer, was zu finden? – Ah! – Monsieur! Monsieur!

Die Menschen unter den Arkaden, die Menschen vor den Schaufenstern, die sich umdrehen, zögern, sich unsicher sind, kehrt machen, aus dem Schatten in die Sonne treten, in den Schatten, in die Sonne, in den Schatten; die hellen Hosen der Männer, die luftigen Kleider der Frauen, die Sonnenbrillen, schwarze, blaue, runde, rechteckige, Schmetterlingsflügel-Sonnenbrillen, vergoldete, mit Strass besetzte, die Hüte, die Halstücher, die Décolletés, die Schminke.

Ein paar flüchtig wahrgenommene Säulen zwischen zwei Fingern einer Hand mit glitzernden Nägeln.

Die Menschen an den Cafétischen, die den hin- und herwogenden Walzern und Tangos der verschiedenen Orchester lauschen, ihre Zeitungen in allen Sprachen auseinanderfalten, sich vorbeugen und ihre Postkarten schreiben, neue Filme in ihre Kameras einlegen, den Zucker in ihren Tassen umrühren, die Strohhalme aus den Papierhüllen ziehen, in ihren Reiseführern blättern, ihre Lire zählen, sich gegenseitig beobachten, einander über die Schultern beäugen, jeder ein Schauspiel für den anderen.

Eine Kuppel, die zwischen zwei Gläsern
Fruchtsaft auftaucht.

Die Menschen, die in Strömen dahinfließen, Gruppen, die sich bilden und wieder auflösen, die besonders Eiligen, die sich einen Weg zwischen den anderen hindurchbahnen, die Erschöpften, die einen Platz suchen, sich die Stirn wischend auf Stühle fallenlassen, sich Luft zufächeln, sich lächelnd entspannen, die Beine ausstrecken, auf alte Bekannte losstürzen, um ihnen die Hand zu schütteln, sie einzuladen und ihre Einkäufe und Entdeckungen bewundern zu lassen.

Möchten Sie ein schönes Foto? – Wir haben ein Zimmer im Hotel Gorizia gefunden. – Schauen Sie die schillernd blaue Perlenkette da in der dritten Reihe, nein, nicht die, ein bisschen weiter hinten! – Und Sie glauben wirklich, dass sie ihr gut stehen würde und ihr gefällt? – Sie können

Das allgemeine Gemurmel, das Geräusch der Schritte, das Aneinanderstoßen der Instrumente, wenn sie nicht spielen, das ferne Klatschen der Boote auf dem Wasser, das Klirren der Gläser, das Knattern der Fahnen, das Rascheln der Stoffe, das Schleifen der Metallstühle und -tische über die Steinplatten.

Zwischen zwei Taubenflügelschlägen ein
Glockentürmchen aus Gold und Blei.

Und all die Rufe, all die Worte, mitgerissen in diese eine Bewegung, dieses Menschengewoge, dieses langsame Wirbeln, die erhaschten Gesprächsfetzen, die kommen, gehen, sich nähern, kreisen und verschwinden, aufsteigen, versinken, einer im anderen aufscheinen, einander abschneiden, vorübergleiten, in allen Sprachen, Splitter, Nachklänge, mit Themen, die hervortreten, sich zu Kaskaden ordnen, zu Kanons, Zyklen, Agglomeraten.

es gar nicht verfehlen, Sie nehmen den Vaporetto bis zum Anleger San Barnaba, dann gehen Sie in die Gasse rechts hinein, ein paar Schritte und Sie sind da. – Garçon! Garçon! Cameriere! Zwei Gläser Orangensaft bitte! – Aber ja doch! Das ist er! Ganz sicher ist er das!

Sätze, Wörter, Floskeln, gegeneinander stoßend, einander abschleifend wie Meereskiesel, mit plötzlichem Losbrechen, wie von Felssteinen, mit Sandstränden, zu denen alles pulverisiert erscheint, mit Momenten des Tosens – schon überflutet einen die Welle – und dann Flauten, große Schwaden von Stille, die vorübergleiten.

All die kleinen Figuren, die man vor den Säulen vorübergehen sieht, andere, die von dem Balkon herunterwinken.

Der Platz, unablässig erfüllt von diesem Gemurmel, dem zirkulierenden Geschwätz, selbst wenn er leer ist, mitten im Winter, am frühen Morgen (in der grauen regnerischen Einsamkeit geistert die Menschenmenge noch als Trugbild über die Steinplatten und vor den Fenstern), erfüllt von diesem Gezwitscher, so entfernt von der Basilika und doch zugleich insgeheim ständig nach ihr ausgerichtet, von ihr beeinflusst, absorbiert, durchtränkt.

Man trifft ja wirklich die ganze Welt hier … – Eine Taube. –

Ah! – La gondola, gondola! – Garçon! Garçon! Cameriere! Einen Campari, bitte, einen Eiscafé und eine Cassata! –

Jene, die zum ersten Mal hier sind, jene, die schon mehrere Tage in Venedig sind, jene, die schon in früheren Jahren hierher kamen, jene, die regelmäßig nach Venedig kommen, jene, die eine Wohnung in Venedig haben, und dann die Venezianer, jene, die von Zeit zu Zeit nach Venedig zurückkehren, jene, die Venedig nie verlassen haben.

Der kupferne Glanz auf dem großen Fenster
im Sonnenlicht.

Jene, die venezianisch sprechen, jene, deren Muttersprache das Italienische ist, jene, die es fließend sprechen, jene, die es lernen, jene, die sich für ein paar Tage recht gut verständigen können, jene, die sich lieber nicht aus ihrer eigenen Sprache herauswagen.

Der Schatten einer niedrig vorbeiziehenden Wolke,
der Schatten auffliegender Tauben.

Jene, die hier ihre Hochzeitsreise verbringen, jene, die sich an ihre Hochzeitsreise zurückerinnern wollen, jene, die sich zur Zeit ihrer Hochzeit die Reise hierher nicht leisten konnten, und nun endlich, da die Geschäfte nicht allzu schlecht gehen ... All die Trauringe, all die Ringe, all dieser Goldstaub, der die Menge überzieht.

Sehen Sie nur das schillernd grüne Glas dort in der zweiten Reihe, nein, nicht das, ein bisschen weiter hinten! – Mir gefällt ehrlich gesagt dies hier besser. – Ist er das? Aber ja doch! Das ist er! Man trifft wirklich die ganze Welt hier! – How do you say in Italian a glass? Und Sie, wo

Von diesem babylonischen Sprühen, diesem unaufhörlichen Rieseln habe ich nur den Schaum erfassen können, um ihn den Seiten, Blatt um Blatt, unterzuziehen, sie damit zu durchtränken, mit ihm die verschiedenen Textblöcke zu verbinden, die Pfeiler meiner Konstruktion nach dem Bilde derer von San Marco.

Die fünf Portale, die fünf Kuppeln.

Alle die Sätze in unbekannten oder zu wenig vertrauten Sprachen, die ich unmöglich aufzeichnen konnte, alle die zu rasch vorbeifliegenden Wörter, von denen nur ein unverständliches Rauschen zurückblieb, dann jene, die ich wohl als Wörter erfasste, jedoch ohne die Sätze rekonstruieren zu können, aus denen sie isoliert hervortraten, durch die schwankende Aufmerksamkeit losgelöst von den anderen Wörtern. Nur ein paar Spitzen habe ich bewahren können, nur die Wellenkämme, wie ein Maler, der ein bewegtes Meer zu malen versucht, gerade soviel, um dieses Stimmengewirr kreisen, es die Gegenstände erhellen, widerspiegeln zu lassen, die es überspült wie das Wasser eines Kanals.

wohnen Sie denn? War es nicht schwer, etwas zu finden? – Schauen Sie nur die riesige dunkle Flasche da in der ersten Reihe, nein nicht die, etwas weiter daneben. – Ah!

Denn der Strom der Menschenmenge ist für die Fassade von San Marco ebenso unabdingbar wie das Wasser der Kanäle für die Fassaden der Palazzi. Während so viele alte Denkmäler, durch den Ansturm der Touristen völlig entstellt, auf uns den Eindruck machen, als würden sie, natürlich auch von uns selbst, sofern nicht von strikten Forschungsabsichten geleitet, profaniert, als würden diese zurückhaltenden, geheimen, verschlossenen, verbotenen Orte, diese Orte der Stille und der Kontemplation plötzlich aufgerissen, dem Geschwätz ausgeliefert, hat dagegen die Basilika mit der sie umgebenden Stadt nichts zu befürchten von dieser Fauna und unserer eigenen Leichtfertigkeit; sie ist geboren und setzt sich fort unter dem ständigen Blick der Besucher, ihre Künstler haben mitten unter den Gesprächen der Matrosen und Händler gearbeitet. Seit Beginn des dreizehnten Jahrhunderts ist diese Fassade ein Schaufenster, eine Auslage von Antiquitäten. Die Läden unter den Arkaden sind in Wahrheit eine Verlängerung von ihr.

Das Hauptstück der Sammlung: die vier Bronzepferde über dem Mittelportal, die einzige noch existierende antike Quadriga, vermutlich ein griechisches Werk aus dem vierten oder dritten Jahrhundert vor Christus, jahrhundertelang heftig umstritten und sehr wahrscheinlich bereits von Nero dazu bestimmt, seinen Triumphbogen zu krönen, dann von Konstantin in sein neues Rom transportiert, wo es das Hippodrom krönte, und schließlich von Napoleon für den Triumphbogen des Karussells geraubt, wo es blieb bis der Wiener Kongress die Rückgabe anordnete.

Das Geheimnis aber lebt weiter. Selbst die Läden haben unvermutete Hinterräume und Verschläge. Der Platz ist schon ein Teil der Basilika. Klug angelegte Durchgänge führen den, der sich leiten lässt, bis zu ihrem Herz.

– Monsieur! Monsieur! Möchten Sie ein schönes Foto? – Mademoiselle! He! Mademoiselle! – Prego. – Was heißt Orangensaft auf Italienisch? – Und hier die Säule des heiligen Theodor. – Una bella fotografia, Signorina! – Wir haben

Die Fassade darf also nicht als eine Trennmauer verstanden werden, sondern ist als ein Kommunikationsorgan zwischen der Basilika und ihrem Platz zu sehen, als eine Art Filter, der in beiden Richtungen funktioniert und durch die Vorhalle ergänzt wird. Schon der Platz ist ein geschlossener Raum mit seinen Poren ringsum, doch nur einem großen Fenster, das sich zur Mündung des Canal Grande hin öffnet. Die Fassade der Basilika sendet gleichsam Vorposten aus, um deutlich diese Kontinuität zu unterstreichen. Wenn wir um den Campanile herumgehen, um auf die Piazzetta zu gelangen, oder am Uhrturm vorbeigehen, erscheint es uns, als befänden wir uns bereits im Innern der Kirche. Und die Tatsache, dass diese beiden Bauwerke von der Fassade gezeugt wurden, um deren Herrschaft über den Platz zu sichern, wobei der Uhrturm in die Umrisslinie einbezogen ist, der Campanile einst ein Teil von ihr war, wird entschieden unterstrichen durch die beiden Scheinfüßchen, die beiden von den Außenbögen gebildeten Ausläufer an den Seitenenden, die offensichtlich keinerlei Funktion für die eigentliche Struktur des Gebäudes haben, doch eine beträchtliche für dessen Verbindung mit dem gesamten Ensemble.

Beide ruhen an den Außenseiten auf zwei freistehenden Säulen, deren Kapitelle ihrerseits vier Säulen tragen, die ebenfalls Kapitelle haben, alles Sammlungsstücke, die 1204 aus Konstantinopel von jenem Plünderungszug mitgebracht wurden, in welchen sich der vierte Kreuzzug unter Führung des Dogen Enrico Dandolo verwandelt hatte.

So kann man schon unter Goldgewölben einhergehen, ohne noch ein Tor durchschritten zu haben.

ein passendes Zimmer im Hotel Terminus gefunden. – Eine Taube. – Ah! – La gondola, gondola! – Ich muss ihr unbedingt ein wirklich schönes Geschenk aus Venedig mitbringen; denken Sie, so ein großes Glas wie das da könnte ihr gefallen? – Schauen Sie die schillernd violette

Die Weite dieser beiden äußeren Bögen entspricht der Tiefe der Fassade selbst, dem Abstand, um den sie vor die eigentlichen Türen vorspringt, über denen sich in senkrechter Linie die obere Etage befindet, und um den sie in den Platz hineingreift, auf diese Weise fünf Höhlungen bildend, fünf gewölbte Nischen, in denen man sich hinsetzen und ausruhen kann. Eine sehr niedrige Steinbank umzieht sie, die heute wie in früheren Zeiten gern von Touristen benutzt wird.

Die Wände dieser Nischen mit Säulen aus Konstantinopel verkleidet.

Einige dieser Säulen erfüllen architektonische Zwecke, die meisten jedoch haben absichtlich keine tragende Funktion. Diese wunderbaren Säulen, die einst dazu dienten, die Gebäude zu tragen, zu denen sie gehörten, hier zeigt man, dass man sie nicht braucht: ein Luxus, mit dem man zu verstehen gibt, dass man mit dieser Beute noch zahlreiche andere Kirchen hätte bauen können.

Perlenkette da in der zweiten Reihe, nein, nicht die da, etwas weiter hinten. – Sehr schönes Geschenk aus Venedig ... – Signorina, Signorina! Una bella fotografia Signorina! – Hier die Säule des heiligen Markus. – Sie können es

Ist es nicht erstaunlich, dass vier der fünf Mosaiken, die die Muscheln oder Tympana dekorieren, die Geschichte eines Raubs abbilden, des Ursprungs der Basilika selbst? Denn San Marco wurde nicht auf einem heiligen Ort errichtet, über einem alten Tempel oder am Ort eines Martyriums, San Marco war nicht einmal Bischofssitz, kein Rädchen innerhalb der kirchlichen Hierarchie – bis in das letzte Jahrhundert war San Pietro in Castello die Kirche des Patriarchen, nachdem das zuvor die Kathedrale von Torcello gewesen war; nur dank eines sensationellen Umstands wurde die Kapelle des Dogenpalastes, die unter dem Schutz des heiligen Theodor stand, der auf einer der Säulen der Piazzetta zu sehen ist, dem heiligen Markus geweiht.

Nische rechts außen: Entführung des Leichnams.
Nische rechts: seine Ankunft in Venedig.
Zentrale Nische: das Jüngste Gericht.
Nische links: Ehrung des Leichnams.
Nische links außen: seine Überführung.

Aus einer Lagune in der Nähe von Triest erhebt sich das Städtchen Aquileia, unter Augustus eine blühende Stadt, dann von Attila verbrannt, deren Bischöfe sie jedoch so gut wieder zum Leben erwecken konnten, dass sie den Patriarchentitel erhielten und die Stadt für lange Zeit das größte geistliche Fürstentum Norditaliens war. In der ersten Zeit seiner Entwicklung unterstand Venedig dem Bischof von Aquileia, der großen Rivalin, deren religiöses Prestige vor allem auf der Tatsache beruhte, dass sie als vom heiligen Markus selbst christianisiert galt. Welche Sensation in Venedig, als man dort erfuhr, dass es vielleicht möglich wäre, den Leichnam des Heiligen dem muselmanischen Alexandria zu entreißen. Zwei Kaufmänner übernahmen die Angelegenheit. Und welcher Triumph dann, als man sich auf den Kais der Stadt vom Erfolg ihres Unternehmens überzeugen konnte!

gar nicht verfehlen, Sie nehmen den Vaporetto bis zum
Anleger Rialto, dann nehmen Sie die Gasse links,
und nach ein paar Schritten sind Sie da. Und wo sind

Drei dieser Mosaiken sind im siebzehnten Jahrhundert ersetzt worden, das mittlere im neunzehnten Jahrhundert; aber eine unschätzbare Quelle, die ›Prozession auf dem Markusplatz‹ von Gentile Bellini vermittelt uns eine ziemlich genaue Kenntnis, was sie ursprünglich darstellten:

Nische rechts außen:
In der Kirche von Alexandria, wo sich alle Formen
als dunkle Silhouetten vom Goldgrund abheben,
verstecken die Kaufleute unter einer vom Gewölbe
herabhängenden Glaslampe den Leichnam des
Heiligen in einem riesigen Korb, indem sie ihn mit
Schweinefleisch zudecken, um der Kontrolle durch
die muselmanischen Zöllner zu entgehen – doch

falls diese von der Sache Wind bekommen haben sollten, welch Freude für sie, zu sehen, dass der Leichnam des großen Heiligen sogar von seinen eifernden Anhängern mit dem Fleisch des verabscheuten Tieres gleichbehandelt wurde. Alles war sichtbar ausgehandelt: Gold und Demütigungen.
Nische rechts:
Der berühmte Leuchtturm von Alexandria, die Turbane der Araber, das davonfahrende Schiff.
Zentrale Nische:
Der Bogen des Portals reicht in das Mosaik hinein, gleichsam wie ein Berg, auf dem der Herr, umgeben von vier Engeln, in einer Mandorla erscheint. Ein weiterer Engel, links davon, bläst Trompete, und darunter steigen die Auferweckten in ihren Leichentüchern aus den Gräbern auf; rechts entrollt ein sechster ein Spruchband.
Nische links:
Die Prozession, das griechische Kreuz vorneweg getragen, die Mitren, ein Baldachin über dem Sarg.
Nische links außen:
Das bis heute erhaltene ursprüngliche Mosaik (nach Ankunft des Leichnams ließ der Doge Giustiniano Partecipazio ihn in einem Turm seines Palazzo aufbewahren und beschloss, ihm ein Heiligtum zu errichten, das aber erst von seinem Bruder Giovanni gebaut wurde, der aus Konstantinopel zurückgekehrt war, um sein Nachfolger zu werden; er hatte eine Nachbildung der Heiligen Apostelkirche im Sinn, eine Nachbildung, deren Äußeres verhältnismäßig spärlich blieb, bis die Plünderungen des vierten

Kreuzzuges es ermöglichten, sie mit den Beutestücken ihrer Vorbilder zu bekleiden).

Auf dem Bild all die kleinen Figuren, die man vor den Säulen vorbeigehen sieht, andere, die vom Balkon herabwinken. Die prachtvolle vergoldete Quadriga, alle Skulpturen aus weißem Marmor waren vergoldet, wie auch die Dächer der Glockentürmchen vollständig vergoldet waren.

Die Menschen auf dem Bild, die während der vorbeiziehenden Prozession schauen, sich umwenden, stutzen, sich fragen …

Sie untergebracht? War es schwer etwas zu finden? – Ah!
– Monsieur! Monsieur! – Ein Foto, Monsieur! –
Was heißt Kirche auf Italienisch? – Schauen Sie nur, der blaue Lüster dort, nein nicht der da, der weiter hinten.

Das letzte Mosaik, die Überführung des Leichnams, ist von immensem Interesse, weil es uns die Basilika so zeigt, wie sie sich unmittelbar nach der Anbringung der Beutestücke präsentierte. Der Künstler hat nämlich beim Versuch, die ursprüngliche Kirche darzustellen, ohne zu einer originalgetreuen Rekonstruktion in der Lage zu sein, das ›früher‹ dadurch gekennzeichnet, dass er den Unterschied hervorhob zwischen seinem Werk und dem, das er ersetzte, und sorgfältig eines der Mosaiken reproduzierte, die er zerstören würde oder bereits zerstört hatte: den Christus Pantokrator des zentralen Portals, der in so starkem Kontrast zu seinem eigenen Jüngsten Gericht steht.

Sicherlich darf man nicht zu sehr in die Einzelheiten gehen. Die Darstellung ist so grobkörnig, dass sie verbietet, einen bestimmten Maßstab zu unterschreiten, und dazu zwingt, jede allzu detaillierte Wiedergabe entschieden außer Acht zu lassen. Aber man sieht deutlich, dass die beiden Außenbögen bereits existierten, dass die Kuppeln schon ihre heutige Form besaßen, dass das große Fenster über der Quadriga noch nicht herausgebrochen war, dass zwischen den Bögen bereits die rechteckigen Basreliefs eingefügt waren, ein Teil also der aus Konstantinopel mitgebrachten Beutestücke, was sofort am Stil und der Verschiedenartigkeit der Formate augenfällig wird, die zu einer Anbringung in unterschiedlicher Höhe zwang (sie waren ursprünglich nicht für die Fassade bestimmt, sondern im Innern ausgestellt); dennoch haben etwas nationalistische Kunsthistoriker in ihnen italienische Arbeiten vom Ende des dreizehnten Jahrhunderts sehen wollen, deren Originalität sie dann aber doch überraschte und in denen sie eine seltsame ›Rückkehr‹ zu byzantinischen Formen ausmachten.

An den beiden äußeren Seiten: Herkules und die Kerynitische Hirschkuh, Herkules und der Nemeische Löwe, vermutlich Stücke aus einer Reihe der Zwölf Arbeiten, denn Herkules – der Bezwinger von monströsen Ungeheuern – galt in Konstantinopel als eine christliche Erlöserfigur.

Diese Frau mit Königinnenkrone, diese Frau wie sie ihre scharlachrote Schärpe vor ihrem himmelblauen Kleid entfaltet. Die Stirnbinden, die Tiaren, die Perlen.

All die Figuren, die man vor den Säulen vorbeischreiten sieht, während die Prozession einzieht, die schauen, in lebhafter Unterhaltung sich umwenden. Diese Frau mit königlicher Frisur, diese Frau, wie sie ihren scharlachroten Schal vor ihrem himmelblauen Kleid entfaltet. Die Gürtel, die Beutel, die Perlen.

– Und Sie denken wirklich, das passt und wird ihr gefallen?
– Sie können es gar nicht verfehlen, Sie nehmen den Vaporetto bis zum Anleger Frari, dann gehen Sie in die Gasse gleich gegenüber, und nach ein paar Schritten sind Sie da. – Garçon! Garçon! Cameriere! Ein Bier bitte!
– Eine Taube. – Ein ganzer Taubenschwarm. – La gondola,

Zur Zeit, als der Mosaizist diesen ersten Zustand der mit den Beutestücken aus Konstantinopel bekleideten Fassade festhält, werden in den Bildhauerwerkstätten beachtliche Arbeiten vorangetrieben.

Einige der Basreliefs oder kleinformatigen Dekorelemente oberhalb der Portale müssen versetzte Stücke der Basilika sein, lange Zeit vor der Einrichtung des ›byzantinischen Museums‹ zu datieren, aber als dann die Künstler alle diese Schätze vor sich sahen, die aus der Orientmetropole kamen oder über diesen Weg aus noch viel ferneren Räumen und Zeiten: aus dem Reich der Sassaniden, aus Syrien, Ägypten, Persien, Rom und dem antiken Griechenland … welch gewaltigen Ansporn mussten sie da empfinden! Denn es konnte kaum genügen, das zur Schau zu stellen, was man geraubt hatte; jetzt spielte sich der Prestigekampf nicht mehr zwischen Aquileia und Venedig ab, sondern direkt zwischen Konstantinopel und Venedig, und man konnte unmöglich die Besucher sagen lassen, die ganze Herrlichkeit von San Marco rühre von dem her, was aus der großen Kaiserstadt komme, der einzigen Quelle. All das galt es also in ein neues Gefüge einzubetten. Und die Spur dieses Bestrebens lässt sich vom Zentralportal bis zu den Dachspitzen verfolgen.

Die Tür selbst, prachtvolle Trophäe in Bronze, mit ihren Löwenköpfen, Keim all dieses Blühens; die marmorne Einfassung, von der Meeresluft zerfressen.

Ein Bogen wird überströmt, dann der nächste. Das Gemälde von Gentile Bellini zeigt, dass die Figuren sich in Gold oder auf Goldgrund abhoben.

gondola! – Grazie! – Oh! – Ich muss ihr unbedingt ein richtig schönes Geschenk aus Venedig mitbringen, denken Sie, eine Spitzenklöppelei wie diese hier könnte ihr gefallen?

Auf der Unterseite des ersten Reliefbogens Tiere, ein ganzes Paradies, aber schon voller Gewaltszenen.

Außen in einer Folge von Medaillons die Geschichte von Kain und Abel.

Auf der Unterseite des zweiten Bogens die zwölf Monate; hellenisierende Romanik.

Außen die Tugenden, ihre Rollen entfaltend; dann das Jüngste Gericht als Mosaik.

Auf der Unterseite des dritten Bogens die Handwerke; wir sind bereits in der Gotik.

Außen der Herr, umgeben von Propheten.

Einzelheiten:
Ein Löwe, einen Hirsch verschlingend,
inmitten von Blättern und Trauben.
Mord: Kain in einem über dem Gürtel hochgerafften
Kittel schwingt mit beiden Händen eine Axt;

Abel nackt mit ausgebreiteten Armen; Papageien zwischen den Zweigen. Im Dezember wird das Schwein geschlachtet, im November werden die Vögel mit Leimruten gefangen ... die Ziege mit einem Fischschwanz, die Frau, die einen Adler säugt. Der versonnene Architekt, einen Finger auf dem Mund.

Die Weltgeschichte in Kurzfassung, die wir weit ausgeführter im Innern wiederfinden, doch einige Themen, wie die Monate und die Arbeiten, kommen nur hier vor.

Garçon! Garçon! Cameriere! Einen Zitronensaft, bitte! – Und Sie glauben wirklich, dass ihr das passt und ihr gefallen wird? – Oh! – Wissen Sie, wo das Hotel Metropole liegt? – Wirklich? – Signorina! Signorina! Una bella fotografia, Signorina! – Und hier ist der Dogenpalast. – Aber ja doch! Das ist er! Ganz sicher,

Vergleicht man das Mosaik des Portals links außen mit dem Gemälde von Gentile Bellini, sieht man sofort, dass zwischen dem dreizehnten und dem Ende des fünfzehnten Jahrhunderts die Bekrönung unendlich komplexer geworden ist; die Bewegung, die vom Hauptportal ausging, hat über die Balustrade hinausgegriffen und Türmchen, Spiralen, Pinakel hervorgebracht, als wäre der Rand dieser Bogenfelder von einem Feuer aus Steinen und Gold entflammt.

Kreuzabnahme, links außen.
Höllenfahrt, völlig renoviert.
Auferstehung, gemalt von Bellini.
Und die Himmelfahrt, rechts außen.

Ein ganzes paradiesisches Gewimmel über dem Gewimmel auf dem Platz, ein Nebel, ein Schaum von Engeln und Seligen.

das ist er! Man trifft wirklich die ganze Welt hier!
– Sie folgen der Calle larga di San Marco ... – Eine Taube.
– La gondola! – Prego. – La gondola, gondola!
– Ehrlich gesagt, ja, ich glaube dies hier gefällt mir besser.

Die Kapitelle, so ganz verschieden von denen der unteren Säulen, die Wetterfahnen mit ihren gefransten Wimpeln.

Rechts unter ihrem Glockentürmchen die kniende Jungfrau mit über der Brust verschränkten Händen ihren Mantel haltend, vor ihrem Buch auf einem Pult, das selbst die Form eines aufgeschlagenen Buches hat, sie hört auf die Stimme, die vom anderen äußersten Ende zu ihr dringt, weitergetragen von all diesen Wellen, Wogen, all diesen Mündern, die Stimme des Engels unter seinem Glockentürmchen ganz links, unter der einstigen Glocke der Basilika, ein Knie auf dem Boden, eine Hand erhoben, und in den Glockentürmchen zwischen den beiden die wichtigsten Verbreiter dieser Verkündigung, die vier Evangelisten mit dem Engel, dem Löwen, dem Stier und dem Adler, in den Händen ihre Bücher; und über dem großen Zentralfenster auf einem blauen besternten Emaillehimmel wieder der geflügelte Löwe, eine Pfote auf dem Buch mit der Inschrift: ›Pax tibi Marce evangelista meus‹, und noch weiter oben als Gipfel der Fassade, erneut der segnende Evangelist, über sein aufgeschlagenes Buch das Licht oder der Regen rieselnd.

Von Seite zu Seite rieselnd, von Buch zu Buch, von Text zu Bild, von Mengen aus Stein zu Mengen aus Fleisch und Blut.

– How do you say in Italian … – Ein Orangensaft. –
Und wo sind Sie untergebracht? – Ich möchte …
– Ich möchte lieber … – La gondola! … – Schauen Sie die

Engel neben dem Heiligen, Weihrauchfässchen tragend, das ganze Geraune der Menge verwandelt sich in süße Rauchschwaden. Engel in der zweiten Reihe, Weihwedel tragend, sie empfangen den Regen des Himmels.

Herrliche nackte Wassergießer von Lamberti, gedrehte Vasen auf den Schultern, aus denen ein Bleirohr ragt, das das Wasser auf die Platten des Balkons speit, ihn zugleich waschend und färbend, bevor es über die abgeflachten Wasserspeier abläuft, die unter den Balustern vom Gesims wegstehen, gleich einem Kamm, der in die Haare des Nebels und des Regens greift und in der Mittagssonne Streifenschatten über die Wellen des Marmors ausbreitet.

Und unter den Herkules-Reliefs zu beiden Seiten der äußersten Portale vervollständigen zwei kleine Figuren von Wassergießern diese erste Exposition des Themas des Rieselns.

orange Perlenkette, nein, nicht die da … – Signorina!
Fotografia, Signorina! – Wir müssen unbedingt …

Die beiden ›Pfeiler aus Akkon‹, die vier Porphyr-›Mauren‹, vielleicht die Tetrarchen Diokletian, Maximian, Galerius und Konstantius, von 297 bis 307 im Imperium vereint – aber man sah in ihnen Sarazenen, die versteinert wurden, weil sie den Schatz rauben wollten; die Basilika ist so mächtig, dass selbst die Körper ihrer Feinde von ihren Mauern verschluckt werden ...

Die Basreliefs zur Piazzetta de Leoni hin:
Der Wagen,
Der Löwe mit vier Leibern,
Der Reiter auf dem Löwen-Hund,
Der Flötenspieler auf dem Löwen,
Die Schafe an der Tränke,
Das Portal der Geburt Christi,
Die Evangelisten ...

Lassen wir den Regen auf alle diese Marmorbilder fallen, die Worte vom Platz verjagend, wegspülend, in sein Gemurmel aufnehmend ...

II. DIE VORHALLE

– Hast du die Frau mit den rotbraunen Fingernägeln gesehen? – Oh! – Wissen Sie, wo die Scuola di San Rocco ist? – How do you say church in Italian? – Wir haben gerade Olivier getroffen. – Freut mich. – Fotografia, Mademoiselle? – Das Licht im Juni. – Do you really like that, dear?

Gehen wir hinein. Das Raunen der Menge wird leiser. Rechts die erste Kuppel.

Nabel: tiefes Blau, goldgescheckt, der Wasser des Weltalls vor dem ersten Tag.

Nicht nur eine Architektur aus Mauerwerk und Marmor und kleinen Glassteinchen, sondern eine Architektur aus Bildern, eine Architektur aus Texten. Von allen großen Bauwerken des Okzidents vielleicht das mit den meisten Inschriften. Ein erster Ring aus Worten:

IN PRINCIPIO CREAVIT DEUS CAELUM ET TERRAM
›Am Anfang schuf Gott Himmel und Erde‹
SPIRITUS DEI FEREBATUR SUPER AQUAS
›Der Geist Gottes schwebte über dem Wasser.‹
Dunkles, etwas grünliches Blau, die Bewegung des Wassers; eine dunkelblaue Raumkugel, über der die auffliegende Taube mit Heiligenschein die scharf gespitzten Flügel erzittern lässt wie vom Vibrieren einer Stimme.

Das Wasser.
Was für ein Buch!

In der Basilika die ganze Weltgeschichte in einem Ring.

LUCEM DIEM ET TENEBRAS NOCTEM

›Nannte das Licht Tag und die Finsternis Nacht.‹ Gott in Gestalt eines jungen Mannes mit hellen, in der Mitte gescheitelten Haaren, die in Locken nach hinten fallen, mit schwarzen Augenbrauen, schwarzen Augen, einer betont geraden, ziemlich breiten Nase, einem fein geschnittenen Mund, barfuß, mit der linken Hand sein Gewand zusammenhaltend und zugleich ein goldenes, mit einem kleinen Kreuz versehenes Szepter tragend, erhebt seine gebogene Rechte ein wenig mit einander berührenden Daumen und Ringfinger und erschafft zwei dunkle Gestirne, das eine rot, das andere blau, die sich sanft vom Mutterschatten abheben und Silber- und Goldstrahlen nach unten aussenden. Der Engel Montag, der erste Tag, schaut voller Erstaunen mit ausgebreiteten Flügeln und Armen zu.

FIAT FIRMAMENTUM IN MEDIO AQUARUM

›Es werde eine Feste zwischen den Wassern!‹ Derselbe Gott, dieselbe Geste, doch jetzt trägt er Sandalen mit schmalen Riemen. Schon hinterlässt die blaue Himmelskugel eine Spur gleich einem trockengelegten Schatten, und die Engel, jetzt zu zweit, Montag und Dienstag, nehmen sie mit in ihre Bewegung auf.

Zwischen den unteren und den oberen Wassern; so wie die Basilika und ihre Kuppeln zwischen dem Wasser des Regens und dem der Flutwellen, die so oft in die Krypta eindringen.

Das Gold.
Ich habe die Inschriften der sechs Kuppeln der Vorhalle entziffert, habe die Worte getrennt und die verkürzten ergänzt.

IN PRINCIPIO CREAVIT DEUS CAELUM ET TERRAM

Der Kreis schließt sich. Vers um Vers ein Zusammenklingen. Das Bild unter diesem ersten Satz entspricht dem folgenden Satz hier, gleich einem Echo:

›Es sammle sich das Wasser unter dem Himmel an *einem* Ort, dass man das Trockene sehe.‹
Es zieht sich in vier Teilen zurück, die zu den vier Strömen des Paradieses werden. Der *eine* Ort wird vom kreisförmigen Ozean gebildet. Das Wort ›terram‹ in Goldlettern. ›Es lasse die Erde aufgehen Gras und Kraut, das Samen bringe, und fruchtbare Bäume, die ein jeder nach seiner Art Früchte tragen, in denen ihr Same ist auf der Erde.‹
Hier das Erscheinen des Grüns. Derselbe Gott, der aus der wasserdurchtränkten Erde Moose und Farne aufsprießen lässt, dornige Blätter, aus denen der Schaft einer dreifachen Blüte emporragt, ein Granatbaum mit langen Blättern in dichten Büscheln wie große Fächer, das höchste mit seinem hellen Zweigflechtwerk, und behängt mit rot leuchtenden Früchten, dann der Apfelbaum, der Baum der Erkenntnis von Gut und Böse, ein paar gelbe Äpfel, ein paar schon ganz rote, die herzförmigen Blätter, ein ganzes Bouquet schlangenartiger, konisch oder schalenförmig auslaufender Zweige, unter den staunenden Blicken der drei Engel Montag, Dienstag, Mittwoch, in weißen goldgesäumten Gewändern,

mit hellen Haaren, von perlmuttglänzenden Bändern zusammengehalten, mit Armreifen am Handgelenk und unterhalb der Schulter, die rechte Hand ehrerbietig und überrascht erhoben, die Linke auf den Boden weisend, das Gewand des jeweils folgenden Tages streifend, der letzte mit dem Mittelfinger einen Apfelbaumsprössling berührend. Die Worte ›lignum pomi‹ in Goldlettern.

Archipel, so wie das von Kanälen durchzogene Venedig.

Das Wasser.

Das Gold.

Ich werde jeweils eine Zeile der lateinischen Inschrift zitieren und dann die vollständige kanonisierte Übersetzung, die hier erst noch sehr textnah ausfällt, da die Inschriften zunächst ziemlich getreu der Heiligen Schrift folgen, sich dann aber im Zug der vergehenden Zeit sowohl in der Schöpfungsgeschichte als auch bei der Ausführung der Mosaiken mit immer stärkeren Verkürzungen mehr und mehr davon entfernen.

Well, you know ... – Ich dachte, Sie wären in Lissabon. – Oh! – Wissen Sie, wie man zur Ca' Rezzonico kommt? – Hello! – Ist Giorgio auch mitgekommen? – War das Wasser warm? – Hast du die Frau mit den rosa Nägeln gesehen, Pariser Rosa, pink from Paris. – Hat es geregnet? –

Ein zweiter Ring mit den Worten:

FIANT LUMINARIA IN FIRMAMENTO CAELI

›Es werden Lichter an der Feste des Himmels!‹

Über der Erde und dem Wasser die blaue Himmelskugel voller kleiner und großer sechsspitziger Sterne;

das junge Gesicht der Sonne ähnelt dem Gottes;
das alte Männergesicht des Mondes; vier Engel.
DIXIT ETIAM DEUS PRODUCANT AQUAE REPTILE
›Und Gott sprach: Es wimmle das Wasser
von lebendigem Getier, und Vögel sollen fliegen
auf Erden unter der Feste des Himmels.‹
Doppelte Szene: das Meer und die Erde, nicht
einmal die Erde, sondern Sümpfe. Die göttliche
Geste verändert: geöffnete Hand, erhobener
Daumen, die anderen vier Finger parallel gehalten.
Die Vögel über dem Wasser: Möwe, Albatros, Ente,
Schwan ..., die Fische im Wasser umgeben ihren
Drachenfürsten, die Krickenten im Sumpf, den
große Seerosenblätter bedecken, dicht darüber die
Füße der Engel, jetzt sind es fünf, Schleier auf
den Köpfen tragend und Mäntel über den Tuniken.
Zwei Fabelvögel mit zwei Köpfen und kleinen
Pfauendiademen.
JUMENTA ET REPTILIA TERRAE IN GENERE SUO
›Vieh, Gewürm und Tiere des Feldes, ein jedes nach
seiner Art.‹
Der graue Hase dreht sich mit aufgestellten Ohren
nach seiner Häsin um; das Antilopenmännchen
begleitet sein Weibchen, der weiße Schafbock sein
gelbes Schaf; die Bärin umkreist ihren Bären,
der Hirsch seine Hirschkuh, der schwarze Eber mit
weißem Streifen seine Bache, der fahlrote Stier
seine gestreifte Kuh, die mit erhobenem Kopf nach
ihm ruft; der Hengst wiehert neben seiner Blauschim-
melstute, deren Fell an den Beininnenseiten eine
markante Zeichnung trägt; der Leopard streckt den

Schweif und brüllt während sein Weibchen wittert; der Löwe zeigt seine Zunge und verdoppelt sich in einer Löwin – sie hat ihre Mähne noch nicht verloren; die ungepaarte Eidechse zappelt zwischen ihren Pfoten, der Igel, ein weiterer Einzelgänger, hastet unter ihrem Schwanz vorbei; die Elefantin reckt ihren Rüssel, der Elefant lässt ihn hängen; die beiden Dromedare reiben sich aneinander; der Esel hofiert die Eselin.
FACIAMUS HOMINEM AD IMAGINEM ET SIMILITUDINEM
›Lasset uns Menschen machen, ein Bild,
das uns gleich sei.‹
Gott hat sich hingesetzt, um den Menschen aus schwarzem Lehm zu formen, mit geschlossenen Augen wie die Zauberfigur einer Hexe.
Dazu die schwebenden Engel der ersten fünf Tage, im Vordergrund tanzt der Engel Sonnabend.

Himmel über Himmel, die Kugel der Fixsterne im Innern des höchsten Himmels.
Das Gold.
›Reptile animae viventis‹, der Text sagt genau: ›Ein Reptil mit lebendiger Seele‹.
Das Wasser.
Alle die nicht in Venedig heimischen Tiere, alle die Tiere aus fernen Ländern; alle die Tiere, die in Schiffsladeräumen oder in Erzählungen nach Venedig kamen.
Der Löwe.
Das Bild von der Erschaffung des Menschen veranschaulicht eher eine andere Bibelstelle, ein paar Verse weiter, in einer anderen Version von den ersten Tagen der Welt: ›Und alle die Sträucher auf

dem Felde waren noch nicht auf Erden, und all das Kraut auf dem Felde war noch nicht gewachsen. Denn Gott der HERR hatte noch nicht regnen lassen auf Erden, und kein Mensch war da, der das Land bebaute; aber ein Strom stieg aus der Erde empor und tränkte das ganze Land. Da machte Gott der HERR den Menschen aus Staub von der Erde‹, eine Version von besonderer Bedeutung gerade für Venedig, indem die Geburt des Menschen an die Trennung von Erde und Wasser gebunden wird, an die Bildung des venezianischen Archipels. Die Lagune wiederholt die Ursprünge der Menschheit, und eben dadurch erlangen ihre Bewohner eine Autorität und ein Recht über die anderen.

ET BENEDIXIT DIEI SEPTIMO
›Und Gott segnete den siebenten Tag.‹
Gott in Frontansicht in der Mitte auf einem goldenen, mit Edelsteinen besetzten Thron, die Lehne weiß und gold bespannt, der Sitz mit einem langen bestickten Kissen, seine Füße auf einem Schemel, hinter ihm die ersten sechs Tage, alle mit einem weißen Schleier, der Engel des Sonntags beugt sich unter der über seinen Kopf streichenden rechten Hand.

ET INSPIRAVIT IN FACIEM EJUS SPIRACULUM VITAE
›Und blies ihm den Odem des Lebens in seine Nase.‹
Adam ist gewachsen; er ist fast so groß wie Gott; wie Gott ist er nun von der Farbe des weißen Menschen. Adams Seele als von hinten gesehener Miniaturadam mit deutlich ausgeprägtem Rückgrat und zwei Fliegenflügeln an seiner rechten Schulter unter den geschickten Händen des Schöpfers.

> Die Augen der Seele fixiert auf die Nasenlöcher des Menschen, in die sie eindringen wird.
>
> ETIAM VITAE IN MEDIO PARADISI LIGNUMQUE SCIEN
>
> ›Den Baum des Lebens mitten im Garten und den Baum der Erkenntnis des Guten und Bösen.‹ Adam im Profil, den Gott durch das Tor des Paradieses schreiten lässt (in Goldlettern auf dem dunklen Purpur dieser seiner Herkunft, die er soeben verlässt, die Worte ›porta paradisi‹). Zwei Bäume, exakt unterhalb des Apfelbaums und des Granatbaums vom dritten Tag, wobei der Künstler überhaupt nicht versuchte, ihr Blattwerk einander anzugleichen; ohne Früchte. In ihrem Schatten die Personifizierungen der vier Ströme, sich ihrer Kleider entledigend, zwei uns zugewandt, ihre Urnen zeigend, zwei uns den Rücken zukehrend. Jeder weist mit dem Finger in eine andere Richtung. Einer trägt einen dichten dunklen Vollbart, ein anderer eine kleine, ziemlich dunkle Bartkrause, die beiden anderen bartlos mit hellem Haar.

In den Szenen, die der Mosaizist aus dem Bibeltext herausgeschnitten hat, ruht Gott sich aus nach der Formung der Menschengestalt und vor dem Moment, wo er ihr das Leben einhaucht, zufrieden, dass er mitten in seiner neuen Welt ein wunderbares Standbild seiner selbst geschaffen hat. Ein Spiel mit Zitaten ist eine Interpretation, und ohne je die Orthodoxie offen zu verletzen, gibt uns die Bibel von San Marco eine venezianische Adaption des Katholizismus, die sich oft stark von der römischen Tradition unterscheidet.

Das Gold.
Vor dieser Lebenserweckung konnte Gott sich noch ausruhen; künftig aber wird der Mensch seine ständige Sorge sein, eine sehr ernsthafte Bedrohung.
Das Wasser.
Fahren wir fort in der Lektüre der Genesis nach dem Ende des Zitats: ›Und es geht aus von Eden ein Strom, den Garten zu bewässern, und teilt sich von da in vier Hauptarme. Der erste heißt Pischon, der fließt um das ganze Land Hawila und dort findet man Gold; und das Gold des Landes ist kostbar. Auch findet man da Bedolachharz und den Edelstein Schoham. Der zweite Strom heißt Gihon, der fließt um das ganze Land Kusch. Der dritte Strom heißt Tigris, der fließt östlich von Assyrien. Der vierte Strom ist der Euphrat.‹ Erst jetzt beginnt man, die Tage zu zählen. Künftig werden es andere Tage sein:

FIANT LUMINARIA IN FIRMAMENTO CAELI

Meravigliosa! – Hast du die Frau mit den rosaroten Lippen gesehen? – Wissen Sie, wie man zur calle larga di San Marco kommt? – Wir haben uns gerade von Eva getrennt.

Die Mosaiken dieser Kuppel datieren vom Beginn des dreizehnten Jahrhunderts, als man gleichzeitig Vorhalle und Fassade erneuerte, aber eine Reihe ihrer Themen lassen sich auf eine sehr alte Tradition zurückführen, deren Spuren man in der sogenannten Cotton-Genesis der British Library vom Ende des fünften Jahrhunderts findet.
Ein dritter Ring von Inschriften:

APPELLAVITQUE ADAM NOMINIBUS SUIS CUNCTA
›Und der Mensch gab einem jeden Vieh und Vogel

unter dem Himmel und Tier auf dem Felde seinen Namen.‹
Der Löwe neben seiner Löwin, das Pferd mit seiner Stute, der Bär und seine Bärin, das Dromedar und sein Weibchen, der Fuchs mit seiner Füchsin, ein Leopardenpaar und ein Igelpaar.
CUMQUE OBDORMISSET TULIT UNAM DE COSTIS SUIS
›Da ließ Gott der HERR einen tiefen Schlaf fallen auf den Menschen, und er schlief ein.
Und er nahm eine seiner Rippen und schloss die Stelle mit Fleisch.‹
Das Gold des Himmels verschwindet fast hinter den Bäumen. Adam schläft im Schatten eines Weinstocks, den Kopf auf die rechte Faust gestützt, das linke Bein über das andere geschlagen.
Gott, über ihn gebeugt, heilt seine Wunde, und ein paar Schritte weiter, ein paar Augenblicke später, vollendet er die Erschaffung Evas.
Auf dem Boden Streifen im Sand.
ET ADDUXIT EAM AD ADAM
›Und brachte sie zu ihm.‹
Der Zeigefinger der linken Hand auf dieses neue Gesicht gerichtet.
HIC SERPENS LOQUITUR EVAE ET DECIPIT EAM
›Und die Schlange … sprach zu der Frau:
Ja, sollte Gott gesagt haben: Ihr sollt nicht essen von allen Bäumen im Garten?‹ … ›Ihr werdet keineswegs des Todes sterben, sondern Gott weiß: an dem Tage, da ihr davon esst, werden eure Augen aufgetan, und ihr werdet sein wie Gott und wissen, was gut und böse ist.‹

Die grüne Schlange, gewunden um einen Baum
mit stark verzweigtem Blattwerk. Eva aufmerksam
vor zwei Feigenbäumen voller reifer Früchte;
Adam vor einer Eiche, das Gesicht weggewandt,
das rechte Ohr aber deutlich sichtbar;
ist er nicht gerade dabei zu lauschen?

Alle diese Tiere der Erde, ferner Erdengegenden oder des nächsten Festlandes.

Der Löwe.

Gott und die Engel haben blonde, Adam und Eva dunkle Haare. Überbleibsel der Schwärze des ersten Adam vom sechsten Tag.

Wie schön.

Eine Gruppe kommt durch das Tor herein:

– Eigentlich, ja, ich denke, dies hier gefällt mir besser. – Und wie war das Konzert gestern Abend? –

Geht vorbei.

Von jetzt an beginnen fast alle Inschriften der Vorhalle mit diesem ›hic‹, ›hier‹:

HIC EVA ACCIPIT POMUM ET DAT VIRO SUO
›Und sie nahm von seiner Frucht und aß und gab
ihrem Mann, der bei ihr war, auch davon.‹
Ist das nicht eine Feige, was sie da pflückt und
übergibt?
HIC ADAM ET EVA COOPERIUNT SE FOLIIS
›und flochten Feigenblätter zusammen und
machten sich Schurze.‹
Adam pflückt, Eva bedeckt sich schamvoll.
Hinter ihnen der Pflanzenteppich.
HIC DOMINUS VOCAT ADAM ET EVAM LATENTES POST
›Und Adam versteckte sich mit seiner Frau vor dem

Angesicht Gottes des HERRN zwischen den Bäumen im Garten. Und Gott der HERR rief Adam und sprach zu ihm: Wo bist du?‹
Ein Palmenstamm verbirgt ihn. Gott geht im Garten umher, als der Tag kühler geworden ist.
HIC DOMINUS INCREPAT ADAM PREMONSTRAT UXUREM
›Wer hat dir gesagt, dass du nackt bist? Hast du gegessen von dem Baum, von dem ich dir gebot, du solltest nicht davon essen? Da sprach Adam: Die Frau, die du mir zugesellt hast.‹
Seine Augen weichen dem Blick des Herrn aus, etwas geduckt, zusammengeschrumpft, mit der linken Hand den Schurz aus Blättern festhaltend, mit der rechten auf Eva weisend, auch sie geduckt und mit erhobener Hand um Gnade bittend.
HIC DOMINUS MALEDICAT SERPENTI CUM ADAM ET
›Da sprach Gott der HERR zu der Schlange: Weil du das getan hast, seist du verflucht vor allem Vieh und allen Tieren auf dem Felde ... Und zur Frau sprach er: Ich will dir viel Mühsal schaffen, wenn du schwanger wirst; unter Mühen sollst du Kinder gebären. Und dein Verlangen soll nach deinem Mann sein, aber er soll dein Herr sein. Und zum Mann sprach er ... ‹
Gott auf seinem Thron mit blauem Kissen. Neben ihm eine Pflanze mit breiten fünflappigen Blättern, abwechselnd grün und blau, mit großen goldenen schuppigen Früchten. Kniend zu beiden Seiten Adam und Eva mit verschränkten Händen.

Gewiss konnten alle Bäume zu Bäumen des Lebens, zu Bäumen der Erkenntnis werden.

Bäume, so selten, so kostbar in Venedig, Bäume, ganz Venedig wurde auf ihren Stämmen, Pfählen erbaut.

Doch wenn dieser Baum ein Feigenbaum ist und nicht, gegen den ersten Anschein, der Apfelbaum, wenn er sich in diesem zentralen Moment als Feigenbaum zeigt– wandelbare Bäume im Paradies, von einem Tag zum andern ihren Geschmack und Duft ändernd –, dann sind es auch seine Blätter, mit denen sie ihre Blöße bedecken, ist es diese Erkenntnis, die sie sich verhüllen lässt.

Kostbare Bäume aus fernen Ländern, deren Früchte nach Venedig kommen werden.

Alle Augenwinkel hochgezogen, die schwarzen Pupillen, die unteren Lider betont.

Die Nackten von Venedig: Adam, Eva, der Heilige Sebastian, Susanna, Danae, Venus ...

O Früchte des Paradieses, auf immer verfault?

Es gab etwas Nebel. – Mademoiselle, Mademoiselle,
ein Foto Mademoiselle? – Unglaublich! – Oh! – Sie können
es gar nicht verfehlen, Sie nehmen den Vaporetto
bis zum Bahnhof ... – Wissen Sie, wie man zum Palazzo

Pelze, Häute, Leder.

Das Leinen Gottes, das Leinen der Engel, ihr Brokat und ihre Stickereien. Betrachten Sie auf den Kais von Venedig die chinesischen Seidenstoffe, die indischen Schals, den Damast, den Samt und die Spitzen.

HIC DOMINUS VESTIT ADAM ET EVAM

›Und Gott der HERR machte Adam und seiner Frau Röcke von Fellen und zog sie ihnen an.‹

Der schon bekleidete Adam sieht betrübt zu, wie Gott Eva dabei hilft, den Ärmel überzustreifen. Auf der Innenseite sieht man braune Fellhaare.
HIC EXPELLIT EOS DE PARADISO HIC INCIPIUNT LAB
›Da wies ihn Gott der HERR aus dem Garten Eden, dass er die Erde bebaute, von der er genommen war.‹
Mit beiden Händen wird Adam durch das Tor des Paradieses gestoßen. Die Toröffnung in dunklem Purpur, wie im oberen Ring beim Eintreten. Zwecklos, dich umzudrehen, Eva, du wirst nur noch diese warme verbotene Nacht sehen, in der alle deine Erinnerungen verglühen werden! Der Boden hat die Farbe gewechselt: grün unter den Füßen Gottes, grau und braun unter denen der Verbannten. ›Hier erwartet uns die Wüste‹, sagt Eva, ›mit Schluchten, Felsen und Staub. Was ist aus all den schönen Bäumen geworden? Entschwunden wie in einem Traum. Was für ein trostloser Horizont! Wie unsere Füße, unsere Hände, wie unsere Augen sich wund reiben werden an diesen raubtierscharfen Kanten!‹
Gott hat seinen Kreuzstab in die Mitte eines Buschbaums gestellt, den er aufflammen lässt, das Kreuz beträchtlich vergrößert, schneidend und strahlend. Dabei hat er Adam mit einer Hacke ausgestattet, Eva mit Spinnrocken und Spindel; und da sind sie nun, das Tor nicht bloß verschlossen, sondern ganz verschwunden, beide verloren in der dürren Einöde, der zerfurchten Trockenheit des welligen wilden Erdbodens, den nur noch ein paar bittere Blumen durchbohren, ein paar Dornen und Disteln, und ein paar winzige liebliche Blumenkronen, um sie davon

abzuhalten, zu verzagen, da sind sie nun, auf der Suche nach einer Quelle, einem Ufer, Adam im Kampf gegen die Steine, Eva sitzend, beim Spinnen, aber schau! er hat es schon geschafft, sie auf einen goldenen Thron zu setzen!

APPELLAVITQUE ADAM NOMINIBUS SUIS CUNCTA

Und jetzt will alles neu benannt werden.
Die Kleider, die Hüte, die Halsbinden, die Taschen, die Schals, die Hemden, die Hosen, die Armreifen:
Grassi kommt? – Ich fahre nach Treviso. – Ich komme aus Salzburg. – Freut mich! – It's lovely! – Rosa! – Alte
Die Marmorumrandung markiert die Begrenzung der Kuppel.
Ein vierter Ring mit Inschriften:

HIC ARDENT CHERUBINI CHRISTI FLAMMAE

›Und ließ lagern vor dem Garten Eden die Cherubim mit dem flammenden, blitzenden Schwert, zu bewachen den Weg zu dem Baum des Lebens.‹
Jedes der vier Pendentifs zeigt einen Cherub mit sechs Flügeln.

Dann die Kapitelle, die Säulen und die Basen, der Marmorboden mit seinen hingerollten Spiralen von kleinen Dreiecken.
Dann die Generationen um Generationen:

CRESCITE ET MULTIPLICAMINI ET REPLETE TERRAM

›Seid fruchtbar und mehret euch und füllet die Erde.‹
Unter der ersten Feldarbeitsszene, auf der Innenseite der Mauer zum Kirchenschiff hin, zwei Säulen mit blätterverzierten Kapitellen, darauf eine Stange, an der zwei Vorhänge mit Ringen aufgehängt sind. Vor nächtlichem Hintergrund das Bett mit den ersten

Eheleuten, die Augen geschlossen und völlig bekleidet. Adams Hand drückt Evas Busen, und die Hand Evas macht sich zwischen Adams Beinen zu schaffen.

HIC PEPERIT

›Und gebar.‹

Der ganze Vorhang ist um die rechte Säule geschlungen. Vor dem Goldgrund des Tages sitzt Eva auf ihrem Bett, das Tuch sorgfältig über ihre Schenkel geschlagen; Adam präsentiert ihr den frisch gewaschenen Abel; der einige Jahre ältere Kain hält etwas zu trinken bereit.

DOMINUS ABEL CERNIT KAYN ET SUA MUNERA SPERN

›Und der HERR sah gnädig an Abel und sein Opfer, aber Kain und sein Opfer sah er nicht gnädig an.‹

Im Zentrum, auf einer Terrasse, zu der man über vier Stufen gelangt, ein viereckiger Altar mit einem sechseckigen Herd obenauf, aus dem Flammen züngeln.

›Erhob sich Kain wider seinen Bruder Abel und schlug ihn tot.‹

Was für ein Luxus bereits bei diesen ersten Menschen: Architektur, Stoffe.

Wie von diesem Text Goldtropfen rieseln lassen?

Wie diesen Text zu einem Bogen wölben?

Venezianer, eine alte venezianische Familie, ein Palazzo, das kannst du dir nicht vorstellen, ein Palazzo! – Oh! – Hast du die Frau mit den grellroten Lippen gesehen? – Kennen Sie die Straße des 28. September, die vom Bahnhof

Und hier der Bogen mit der Sintflut.

Zur Seite des Platzes hin:

DIXIT DOMINUS AD NOE FAC TIBI ARCAM DE LIGNIS

›Da sprach Gott zu Noah: … Mache dir einen Kasten von Tannenholz …‹
Aus einem Himmelsviertel die Hand Gottes.
›Von allen reinen Tieren nimm zu dir je sieben, das Männchen und sein Weibchen, von den unreinen Tieren aber je ein Paar, das Männchen und sein Weibchen …‹
Sieben Gänse, ein Hahn, ein graues Huhn, ein weißes, ein gelbes, ein ockerfarbenes, ein schwarzes, ein blaues mit weißen Flecken, eine perlgraue Ente mit weißem Hals, blauem Kopf und rotem Schnabel, eine eisengraue Ente mit weißem Hals, grauem Kopf und braunem Schnabel, eine perlgraue Ente mit weißem Hals, blauem Kopf, gelbem Schnabel und einem Streifen von blauen und weißen Federn auf den eisengrauen Flügeln, eine braune Ente mit weißem Hals, gelbem Kopf, schwarzem Schnabel und gelben Flügeln, zwei perlgraue Enten mit weißen Hälsen, perlgrauen Köpfen und schwarzen Schnäbeln, eine perlgraue Ente mit weißem Hals, gelbem Kopf und schwarzem Schnabel, zwei Häher, zwei Schnepfen, zwei Drosseln, zwei Reiher mit weißen Hälsen, zwei mit weißen Kehlen, zwei Raben, zwei Tauben, zwei Turteltauben, zwei Elstern, zwei Perlhühner, zwei Rebhühner, zwei Wachteln, der Fasan mit seiner Fasanin und das Pfauenpaar, welches Noah in seinen Armen hält.
Zwei ineinander verschlungene Schlangen, zwei ungeduldige Bären, zwei bellende Füchse, zwei witternde Leoparden, ein heller Stier mit seiner Kuh, eine andere dunkle mit ihrem Stier,

ein Bock und seine Ziege, ein Widder mit seinem Schaf, Häsin und Hase, ein Rehpaar, ein Antilopenpaar, ein liegender Hirsch und seine stehende Hirschkuh, eine Bache mit Eber, beide schwarz mit weißen Streifen, der Hengst mit seiner Stute, zwei Dromedare, Esel und Eselin und die beiden Löwen mit ausgestreckten Tatzen und parallelen Schwänzen, welche Noah in seinen Armen hält.
›An eben diesem Tage ging Noah in die Arche mit Sem, Ham und Jafet, seinen Söhnen, und mit seiner Frau und den drei Frauen seiner Söhne.‹
Die letzten Vögel aus fernen Ländern: zwei blaue Vögel, zwei aschgraue Kraniche, zwei Pelikane, zwei Störche, zwei große Raben, zwei Adler, welche Noah in seinen Händen hält. Hinter ihm seine Frau. Sem braunhaarig mit dichtem Vollbart, Ham blond und Jafet mit Bartkrause, die Hand seiner jungen Frau haltend, deren Arm seine Hüfte umschlingt.

Im Text der Vulgata, den der Mosaizist aufnimmt: ›mansiunculas in arca facies‹, ›und mache Kammern darin‹, oder Nischen oder Kuppeln.
Damit die Basilika wirklich als Arche erscheint, müssen in ihr die Tiere dargestellt sein.
Der Löwe.
Man kann in den drei Söhnen Noahs die kennzeichnenden Merkmale von dreien der Paradiesströme wiedererkennen.

ausgeht? – Ist Andreas auch mitgekommen? – Ich muss ihr unbedingt ... – Ich war überzeugt, Sie ... – Was heißt ein Kapitell auf Italienisch? – Das Licht im Juli. – Müde?

Zum Kircheninneren hin:

FACTUM EST DILUVIUM QUADRAGINTA DIEBUS SUPER
›Und die Sintflut war vierzig Tage auf Erden …
Da ging alles Fleisch unter …‹
Aus den Wolken tobender Regen. Das Braun der Arche kaum sichtbar durch die blaue Regenwand, aber es leuchtet die kleine silberne Luke wie ein ewiges Lämpchen. Mitgerissen von den Fluten die Männer, die Frauen mit ihrem Schmuck, ein Kind, ein Dromedar, ein Stier, ein rotes Pferd.
›Danach ließ er eine Taube ausfliegen …‹
Kein Regen mehr, aber immer noch die aufgewühlten Wasser. Der Rabe mit aufgerichteten Flügeln, die Krallen in das rosa Fleisch gebohrt, hackt in den Schenkel eines ertrunkenen Ferkels, dessen Eingeweide herausquellen.
Aus dem großen geöffneten Fenster hält Noah mit beiden Händen die Taube hoch, die ihre Brust aufplustert und mit den Flügelspitzen schlägt, bevor sie davonfliegt.
›Sie kam zu ihm um die Abendzeit, und siehe, sie hatte ein frisches Ölblatt in ihrem Schnabel …‹
Wie er sie empfängt!
›Meinen Bogen habe ich gesetzt in die Wolken; der soll das Zeichen sein des Bundes zwischen mir und der Erde … dass hinfort keine Sintflut mehr komme …‹
Ein heller Himmelabschnitt überlappt den Scheitel des roten, ockerfarbenen, gelben, grünen Bogens. Auf dem Dach der Arche tollen ein Perlhuhn, eine Elster, eine Wachtel und eine Taube, die zu ihrer Gefährtin will. Noah, in bläulicher Tunika, blassgrüner

Stola, grauen Strümpfen, schwarzen Schuhen aus Tuch, hilft dem Löwen aus der Arche, der sich streckt und sich zu seiner Löwin gesellen wird. Die roten Pantoffeln seiner Frau unter den Falten ihres weißen Kleids. Sem in blauem Mantel, zugehakt über seiner malvenfarbenen Tunika mit Goldbordüre, grüne Strümpfe; Ham in grünem Mantel, zugebunden über einer hellblauen goldgewürfelten Tunika mit Goldbordüre, purpurfarbene Strümpfe; Jafet in malvenfarbenem Mantel über einer grünen Tunika mit Goldbordüre, graue Strümpfe. Seine Frau streicht über seine Schulter. Auf dem feuchten, noch ganz von den Flutwellen verworfenen Boden ein toter Baum. Und da laufen auch schon wieder zwei Hasen, der Hirsch und seine Hirschkuh, der Bär und die Bärin, zwei Füchse und zwei Leoparden.

›Noah aber baute dem HERRN einen Altar und nahm von allem reinen Vieh und von allen reinen Vögeln und opferte Brandopfer auf dem Altar.‹

Der hat die gleiche Form wie der Abels und Kains, nur ist der Herd jetzt zylindrisch und von einer kleinen Apsis geschützt, diese verziert von Säulen mit Kapitellen.

Wie die kleine Apsis, deren weißmarmornes Friesband aus spitzen Akanthusblättern rings um die feinrillige Muschel sich in das Mosaik eingräbt.

Alle die Bögen, unten denen wir hindurchgehen werden.

Der Löwe.

Wassergeborene Büsche, auf den flachen Inseln Gewachsene.

Gerettet jene, die Schiffe bauen.
Die Wasser.
Die roten Linien konturieren die Restaurierungen aus dem neunzehnten Jahrhundert.

– Hier sehen Sie die Sintflut. – Sie wissen doch, wo die Kirche von ... – Wir haben gerade Rose getroffen.

Das Licht, das vom Platz hereinkommt, die Stufen, die in die Kirche hinaufgehen. Zu beiden Seiten des Hauptportals die Treppenzugänge zur Galerie. Vor den Stufen die beiden schlanken weißmarmornen Säulenpaare mit Engeln obenauf. Ein Tisch, übersät von Postkarten mit verschiedenen Ansichten des Bauwerks und einigen Mosaiken in grausigen Farben. Der Verkäufer auf seinem Stuhl sitzend.

In der Sommerhauptsaison zieht am Eingang
ein Kirchenschweizer mit seinem langen Stab
die Schaltücher über die allzu nackten Schultern
der Damen.

Darüber eine schmale blaue Madonna in ihrer Nische, Apostel zu beiden Seiten, einige der ältesten Mosaike der Basilika, Anfang zwölftes Jahrhundert. Darüber in der Konche ein heiliger Markus in Ekstase nach einem Karton von Tizian, mit mühevoll erhobenem Kopf, ausgestreckten Armen, der Körper S-förmig gekrümmt.
Darüber ein enormes verglastes viereckiges Loch in der Decke, durch welches hindurch der Blick auf das himmlische Paradies im Jüngsten Gericht der großen Galerie fällt, nach einer Vorlage Tintorettos.

– Eine Taube in der Vorhalle. – Sehr erfreut. – Das Licht im August. – Hast du die Frau mit den korallenroten Nägeln

Hier jetzt der Bogen mit dem Turmbau zu Babel. Zum Kircheninneren hin:

NOE EXERCERE TERRAM ET PLANTAVIT VINEAM BIB
› Noah aber, der Ackermann, pflanzte als Erster einen Weinberg.‹
Noah, bekleidet und grauhaarig, presst eine Traube.
›Und da er von dem Wein trank, ward er trunken und lag im Zelt aufgedeckt. Als nun Ham, Kanaans Vater, seines Vaters Blöße sah, sagte er's seinen beiden Brüdern draußen.‹
Noah liegt nackt im Nest seiner Decken auf seinem goldenen, vierfüßigen Bett, der linke Arm hinter dem Kopf erhoben, der rechte Ellenbogen durch das dünne zurückgeschlagene Betttuch durchscheinend, nicht etwa in einem Zelt, sondern einem Haus mit Ziegeldach, in einem Zimmer mit Säulen, auf denen zwei rechtwinklig zueinander angeordnete Stangen mit den Ringen der Vorhänge aufsitzen, der eine um eine Säule geschlungen, der andere heimlich von Ham hochgehoben, der die Bettdecken aufschlägt, und dann seine Brüder spöttisch herbeiwinkt. Jafet legt die Hand auf sein Herz. Sem zeigt mit dem Finger auf seine Lippen.
›Da nahmen Sem und Jafet ein Kleid und legten es auf ihrer beider Schultern und gingen rückwärts hinzu und deckten ihres Vaters Blöße zu.‹
Noah hat sich im Schlaf umgedreht; er liegt jetzt in der gleichen Haltung wie Adam unter dem Weinstock im Paradies.
›Als nun Noah erwachte von seinem Rausch und erfuhr, was ihm sein jüngster Sohn angetan hatte,

sprach er: Verflucht sei Kanaan und sei seinen Brüdern ein Knecht aller Knechte!‹

Noah, im Ehrensaal mit ringverzierten Säulen auf seinem goldenen Thron sitzend, zeigt die segnende wie verfluchende Geste Gottes.

›Sein ganzes Alter ward neunhundertfünfzig Jahre, und starb.‹

Noahs mit Binden umwickelter Leichnam, gestützt von zwei seiner jungen Nachfahren. In einer Felswand der Schlund eines Grabes mit Fallgitter. Man erkennt Sem und Jafet, doch Ham ist nicht mehr dabei, oder er ist versteckt hinter seinen Brüdern, und man sieht nurmehr seine hellen Haarsträhnen und ein Auge im Gedränge der Familie.

Rings um die Nischenmuschel das Friesband mit Granatäpfeln und Füllhörnern, aus denen zwei Palmwedel herauswachsen. Beidseitig Säulenpaare, mit doppelten flachen Kapitellen: kleine Voluten mit aufgesetzten umgekehrten, sehr stumpfen, von Akanthuslaub geschmückten Pyramiden.

Ham, Ahnherr der Ägypter, der Äthiopier, galt später als Ahnherr der Schwarzen, und wird blondhaarig dargestellt; alles spielt sich im Rahmen der weißen Rasse ab, und für die Venezianer müssen die Nordländer, die Germanen, die Invasoren, zu den Verfluchten gehört haben. Mit den Söhnen Jafets begann dann die Besiedelung der Inseln.

gesehen, corail glacé, corail perlé, corail ice pearl! –
Do you really like that, dear? Well ... – Sprich leiser, das ist

Zur Seite des Platzes hin:

ET DIXERUNT VENITE FACIAMUS NOBIS CIVITATEM

›Wohlauf, lasst uns eine Stadt und einen Turm bauen, dessen Spitze bis an den Himmel reiche! ... Da fuhr der HERR hernieder, dass er sähe die Stadt und den Turm, die die Menschenkinder bauten. Und der HERR sprach: Siehe, es ist einerlei Volk und einerlei Sprache unter ihnen allen und dies ist der Anfang ihres Tuns; nun wird ihnen nichts mehr verwehrt werden können von allem, was sie sich vorgenommen haben zu tun.‹

Die wuchtigen Wehrmauern der Stadt, aus Stein, vielleicht aus Marmor, mit ihren hohen Dächern, Stockwerken, Terrassen, die noch die Zinnen überragen, und ihrem Tor mit Fallgatter. Der Turm aus Ziegelsteinen, von Gerüsten umschlossen, voller geschäftiger Arbeiter. Auf dem Himmelsbalkon spricht Gott voller Sorge zu dreien seiner Engel.

›Wohlauf, lasst uns herniederfahren und dort ihre Sprache verwirren, dass keiner des andern Sprache verstehe! So zerstreute sie der HERR von dort über die ganze Erde, dass sie aufhören mussten, die Stadt zu bauen.‹

Schon gibt es keine Stadt mehr! Die Stadtmauern, die Dächer, die Terrassen, alles verschwunden. Keine Gerüste mehr, übrig nurmehr die nackte Mauer einer Turmruine. Gott ist mit Wucht, umringt von einer Armee aus fünfzehn Engeln, niedergefahren. Die Menschen in alle vier Himmelsrichtungen auseinandergetrieben. Der Anführer einer Gruppe gleicht Sem, ein anderer Jafet, die beiden letzten Ham.

Die Ähnlichkeit zwischen dem Turm und dem Campanile.

Nach der Plünderung Konstantinopels: ›Dies ist der Anfang ihres Tuns; nun wird ihnen nichts mehr verwehrt werden können …‹

Die vier verstreuten Gruppen entsprechen den vier Paradiesflüssen. Der Fluss Gihon umsäumt das ganze Land Kusch, Ägypten (die Vulgata nennt es ›Terra Aethiopiae‹); Kusch ist ein Sohn Hams. Der Tigris fließt im Osten von Assur; Assur ist ein Sohn Sems. Der Euphrat bewässert das Land der Nachfahren Jafets, von den Medern bis zu den Dodanitern, die sich über die Inseln verstreuen werden. Hawila, das vom Fluss Pison umsäumt wird und wo es Gold gibt, taucht als Name unter den Kindeskindern Hams wieder auf.

Nach der Ausrichtung des Bildes kann man schließen, dass die Söhne von Sem nach Südosten aufbrechen, die Jafets nach Nordwesten und die Hams nach Südwesten und Nordosten. Diese letzte Gruppe kommt von Norden und trifft auf die Nachfahren Jafets; sie kann mit den Hyperboräern der antiken Kosmologie gleichgesetzt werden, in der Folge dann mit den germanischen Barbaren, in Entgegensetzung zu den Griechen und Römern. Man weiß, dass die ersten Ansiedlungen in der Lagune Zufluchtsorte vor den Invasoren waren.

Ohne im Detail auf die komplizierten Verwicklungen und Kreuzungen innerhalb der biblischen Genealogien einzugehen.

Venedig mit seiner Kontrolle des Handels mit dem

Maghreb, mit seinem Ghetto, seinen Verbindungen zu den Königreichen des Festlands, als Sammelstätte der in Babel verstreuten Gruppen. Die stolze Verwegenheit Venedigs, die Basilika und sein Campanile als Begegnungsort aller Sprachen, der die unterschiedlichsten Völker wieder zusammenführt, die Stadt der Pfingstfeier.

Diese Mosaiken datieren aus dem ganz frühen dreizehnten Jahrhundert, gleich nach dem vierten Kreuzzug, man findet ihren Stil auch in den Mosaiken der Apsis von San Paolo Fuori le Mura, welche nach einem Dokument von 1217 venezianischen Künstlern zuzusprechen sind.

eine Kirche. – Hast du die Frau mit rosaroten Lippen gesehen? – Wissen Sie, wie man zur Ca' Foscari kommt? – Ich fahre nach Ravenna. – Und wie haben Sie das Konzert gestern gefunden? – Ich war überzeugt, dass Sie sich ... – Die Wolken. – Wie bitte?! Sie haben noch nicht

Wie diesen Text zu Kuppeln wölben?

Wie ein Textband realisieren, das von Episode zu Episode läuft, von einem architektonischen Detail zum anderen?

Hier jetzt die Abrahamskuppel, deren Dekoration sich um 1230 datieren lässt, denn man findet die gleiche Hand im Mosaik am Eingang zur Schatzkammer, das nach deren Brand gefertigt wurde.

DIXIT DOMINUS AD ABRAM EGREDE DE TERRA TUA
›Und der HERR sprach zu Abram: Geh aus deinem Vaterland und von deiner Verwandtschaft und aus deines Vaters Hause in ein Land, das ich dir zeigen will ...‹

Ein besterntes Himmelssegment mit der Hand
Gottes, Abraham hört zu; da steht er bei seinen
Knechten, die zwei Esel mit Paketen beladen;
und da sitzt er auf seinem aufgezäumten Pferd,
Sarai wird auf ihr eigenes Pferd gesetzt.
Weiter vorn steht Lot schon aufbruchsbereit,
zwei mit Knüppeln bewaffnete junge Männer
an der Spitze marschieren los.
›Als nun Abram hörte, dass seines Bruders Sohn
gefangen war, wappnete er seine Knechte,
dreihundertachtzehn, in seinem Hause geboren,
und jagte ihnen nach bis Dan.‹
Die Soldaten sind mit Lanzen bewaffnet;
in der Ferne das große Zelt mit Spannstricken.
›Aber Melchisedek, der König von Salem, trug Brot
und Wein heraus. Und er war ein Priester Gottes
des Höchsten und segnete ihn und sprach …‹
Die behelmte Armee nahezu verschwunden hinter
einem Hügel. Ein Soldat mit Harnisch hält Abrahams
Pferd am Kummet, das mit Glöckchen behängt ist.
Die kleine Tiara von Melchisedek. Das gefranste
Tuch des Altars.
›Da sprach der König von Sodom zu Abram:
Gib mir die Leute, die Güter behalte für dich!
Aber Abram sprach zu dem König von Sodom: …
dass ich von allem, was dein ist, nicht einen Faden
noch einen Schuhriemen nehmen will, damit
du nicht sagest, du habest Abram reich gemacht,
ausgenommen, was die Knechte verzehrt haben;
doch lass die Männer Aner, Eschkol und Mamre,
die mit mir gezogen sind, ihr Teil nehmen.‹

Die zwei verhandelnden Könige mit Lanzen in den Händen. Dahinter die drei amoritischen Brüder, demnach Nachfahren Hams, Abrahams Gäste und Bundesgenossen, die sich aus der Schatzkammer bedienen: Vasen, Schalen voller Schmuckstücke.

Der Schatz von San Marco.

Ein einziger Ring von Worten, aber drei Zeilen breit, und rhythmisiert durch die vier Ideogramme des ›Dixit Dominus‹, besternte Himmelssegmente mit segnender Hand.

die Gesangbuchausstellung besucht? – Bellissima! – Hierher

›Dixit Dominus‹:

SUSCIPE CAELUM ET NUMERA STELLAS SI POTES SIC

›Sieh gen Himmel und zähle die Sterne; kannst du sie zählen? ... So zahlreich sollen deine Nachkommen sein!‹

Abraham stehend in langem Mantel mit Taschenschlitz.

›Geh doch zu meiner Magd, ob ich vielleicht durch sie zu einem Sohn komme.‹

Die Tür mit beiden geöffneten Flügeln, der Vorhang, den Abraham zur Seite schiebt, um mit der zögerlichen blutjungen Hagar, die er bei der Hand hält und die zusätzlich von Sarai gedrängt wird, einzutreten. Die Tür öffnet sich. Abraham lächelt. Hagar wieder in aufrechter Haltung, hält ihren Bauch, fühlt sich schon schwanger und schaut Sarai verächtlich an.

›Und der Engel des HERRN sprach zu ihr:
Kehre wieder um zu deiner Herrin.‹

Der wellige Wüstenboden, das Wasser des Brunnens.

›Und Hagar gebar Abram einen Sohn, und Abram

nannte den Sohn, den ihm Hagar gebar, Ismael.‹
Hagar in der Haltung Evas bei Abels Geburt, aber das Zimmer hat drei Säulen und die Überlappung der Vorhangbalkenenden deutet auf deren rechtwinklige Anordnung hin. Das Lächeln Abrahams, die verhaltene Rührung Sarais. Die Dienerin, die den Säugling wäscht, dessen Gesicht aber von einem Riss im Mosaikbelag verschluckt wird.
›Darum sollst du nicht mehr Abram heißen, sondern Abraham soll dein Name sein; denn ich habe dich gemacht zum Vater vieler Völker.‹
Das Ideogramm ›Dixit Dominus‹.
›Alles, was männlich ist unter euch, soll beschnitten werden; eure Vorhaut sollt ihr beschneiden ...
Jeden Knaben, wenn er acht Tage alt ist, sollt ihr beschneiden bei euren Nachkommen.‹
Ehrensaal, Säulen, geschmückter Sturz. Der dreizehnjährige Ismael sitzt auf dem Thron. Hagar, von Dienerinnen umgeben, hält ihn an Schulter und Hand. Abraham lüpft seine Tunika, um ihn zu beschneiden. Ein Auffangbecken für das Blut.
Abraham vor demselben Thron mit einem noch größeren Becken. In einer Hand weiterhin das Messer aus Feuerstein, in der anderen ein Geldsäckel, das er der Gruppe von Sklaven reicht, die er gekauft hat.

Staub der Erde, Sterne des Himmels.
Staub der Menge, die durch das Tor hereinglitzert.
Viele Araber im Mittelmeerraum damals standen in Handelsbeziehungen mit Venedig, ganz offensichtliche Nachfahren Hagars.

In den Pendentifs die vier großen Propheten.

Mit dieser Kuppel und den darunter anschließenden Darstellungen vollendet sich, in Symmetrie zur Schöpfungskuppel, ein erster Zyklus, ein bestimmtes Projekt; die Propheten hier werden durch jene im Schiff aus der gleichen Zeit erneut aufgenommen, darüberhinaus setzen sich in ihnen noch die älteren der Kuppel über dem Chor fort.

bitte, bitte hierher! – Ich komme aus ... – Wissen Sie, wo die ... – Wir haben gerade ... – Der Himmel im September. – War das Wasser warm? – Regnet es? – Hast du die champagnerblonden Haare gesehen? – Meravigliosa! – Was glaubst du, aus welchem Land kommen die? –

Doch mit der Dekoration des Nordflügels, dessen Hauptthema Ägypten sein wird, zeichnet sich eine neue Entwicklung ab.

Hier also die drei Josefskuppeln, von denen die erste sich in die Zeit um 1240 datieren lässt, denn man findet dieselbe Hand im Kircheninneren bei den Figuren der heiligen Eremiten Paulus und Antonius wieder, deren Reliquien 1220 und 1240 nach Venedig transportiert wurden:

HIC VIDIT JOSEPH SOMNIUM MANIPULORUM SOLIS ET

›Und Josef hatte einen Traum ... Wir banden Garben auf dem Felde ... Ich habe noch einen Traum gehabt; siehe, die Sonne und der Mond und elf Sterne neigten sich vor mir.‹

Josef in seinem Deckennest auf dem goldenen Feld.

›Den erzählte er seinen Brüdern.‹

Elf Brüder und vier Schafe. Die langen Ärmel Josefs, die kurzen Ärmel seiner Brüder.

›Schalt ihn sein Vater und sprach zu ihm:
Was ist das für ein Traum, den du geträumt hast?‹
Die Wickelgamaschen der Brüder, Josefs feine Sandalen, ähnlich denen seines Vaters.
›Da fand ihn ein Mann, wie er umherirrte auf dem Felde; der fragte ihn und sprach: Was suchst du?
Er antwortete: Ich suche meine Brüder.‹
Der an seinem Stock hängende Korb.
›Seht, der Träumer kommt daher! So kommt nun und lasst uns ihn töten.‹
Erkennbar am Schnurrbart, Ruben, der Älteste.
Zehn Brüder nur, Benjamin ist bei Jakob geblieben.
›Warfen ihn in die Grube ... Und sie setzten sich nieder, um zu essen. Indessen hoben sie ihre Augen auf und sahen eine Karawane.‹
Josef nackt. Die gekrümmte Landschaft, Gebirge mit Felsengipfel, die beiden langen Hälse der Dromedare, durch deren Köpfe ein Riss geht, die Kaufleute mit Lanzen bewaffnet, das gestreifte, gefranste Tuch für die Mahlzeit, die große runde Speiseplatte, die Brote, der Fisch. Nurmehr neun Brüder, denn Ruben ist fort, um Josef zu befreien.
›Zogen sie ihn heraus aus der Grube.‹
Klammern, die das Mosaik vor dem Ablösen bewahren.
›Und verkauften ihn um zwanzig Silberstücke den Ismaelitern.‹
Nicht mehr die langärmelige Tunika, ein einfacher Lendenschurz. Die nackten Oberkörper der Kaufleute, ihre dunkle Farbe.
›Die brachten ihn nach Ägypten.‹

Josef, kostbare Ware, auf einem der Dromedare
sitzend, den Zügel haltend.
›Als nun Ruben wieder zur Grube kam
und Josef nicht darin fand ...‹
Ein Klagetanz.
›Und sagen: Diesen haben wir gefunden;
sieh, ob 's deines Sohnes Rock sei ...
Und sein Vater beweinte ihn.‹
Bauwerkfragmente und Thron. Jakob mit hoch-
gestreckten Armen. Seine unscheinbare Frau,
die Nachfolgerin Rahels. Die beiden Boten,
die langärmelige Tunika mit langen Blutflecken
vom Ziegenbock herzeigend.
HIC VIDIT JOSEPH SOMNIUM MANIPULORUM SOLIS ET
›Israel aber hatte Josef lieber als alle seine Söhne,
weil er der Sohn seines Alters war,
und machte ihm einen bunten Rock.‹
Das Gold der Kuppel sich wandelnd
zum Vibrieren des Nachthimmels.
›Als nun seine Brüder sahen, dass ihn ihr Vater lieber
hatte als alle seine Brüder, wurden sie ihm feind.‹
Das Gold der Kuppel sich wandelnd zu Getreide.
›Sollen denn ich und deine Mutter und deine Brüder
kommen und vor dir niederfallen?‹
Das Gold der Kuppel sich wandelnd zu Wand-
teppichen.
›Als sie ihn nun sahen von ferne, ehe er nahe zu
ihnen kam, machten sie einen Anschlag ...‹
Das Gold der Kuppel sich wandelnd zu Fernen.
›Als das Ruben hörte, wollte er ihn aus ihren
Händen erretten.‹

Das Gold der Kuppel sich wandelnd zu bedrohlichem Gewoge der Wiesen.
›Und sahen eine Karawane von Ismaelitern
kommen von Gilead mit ihren Kamelen;
die trugen kostbares Harz, Balsam und Myrrhe
und zogen hinab nach Ägypten.‹
Das Gold der Kuppel sich wandelnd zu glitzernden Felsen.
›Und nahmen ihn und warfen ihn in die Grube; aber die Grube war leer und kein Wasser darin.‹
(Josef anstelle des Wassers im Brunnen).
Das Gold der Kuppel sich wandelnd zum faszinierenden Funkeln goldener Münzen.
›Da nahmen sie Josefs Rock ...‹
Das Gold der Kuppel sich wandelnd zum märchenhaften Strahlen Ägyptens.
›Und schlachteten einen Ziegenbock und tauchten den Rock ins Blut ...‹
Das Gold der Kuppel sich wandelnd zu Wüstensand.
›Der Knabe ist nicht da! Wo soll ich hin?‹
Das Gold der Kuppel sich wandelnd zu Tränen.
›Und schickten den bunten Rock hin und ließen ihn ihrem Vater bringen.‹
Das Gold der Kuppel sich wandelnd zu Raubtierfellen, zu den Palast umstreunenden Raubtieren.

Was? Sie haben die Akademie noch nicht gesehen? – Wissen Sie, wo San Giorgio dei Greci ist? – Ich fahre nach

Die folgenden Kuppeln weisen den gleichen Stil auf wie das Nischenmosaik über dem Portal linksaußen der Fassade, das mit Sicherheit 1275 fertiggestellt wurde.

Bögen und Säulen im Zentrum. Rings umrandet von einer hellgrünen und dunkelgrünen Pflasterung.

HIC ISMAELITAE VENDUNT JOSEPH PUTIPHAR EUNUCHO
›Potifar, ein Ägypter, der Kämmerer des Pharao
und Oberste der Leibwache, kaufte ihn von
den Ismaelitern, die ihn hinabgebracht hatten.‹
Der Turban des ersten Kaufmanns, die Schilde
und Helme der Wachsoldaten.
›Er setzte ihn über sein Haus; und alles,
was er hatte, gab er in seine Hände.‹
Josef, noch ganz jung, erhält die Schlüssel.
Die Frau Potifars stößt die getäfelten Türen eines
Pavillons mit Terrasse auf, prächtiger Anblick,
ihr Mantel zu einem Gürtel unter ihrer Brust
geschlungen, einen schönen Busen hervorzeigend,
und ihre offenen, von einem Goldreif zusammen-
gehaltenen Haare.
›Seines Herrn Frau ihre Augen auf Josef warf
und sprach: Schlafe bei mir!‹
Beide allein in einer Säulengalerie. Josef trägt jetzt
einen prachtvollen blauen Mantel.
›Aber er ließ das Kleid in ihrer Hand und floh
und lief zum Hause hinaus.‹
Luxuriöses leeres Haus: Säulen aus grauem Marmor,
Basen, Ringe und Kapitelle aus Gold, kleine Zinnen auf
der Terrasse, Etage, Fenster unter einem Bogen, blau-
es Dach, Belvedere, Wandverkleidung aus malven-
farbenen Steinen, scharlachrote Türen. Der runde
Busen unter dem blauen Kleid. Die enge Hose Josefs,
grün und mit roter und goldener Seide bestickt.
›Als sie nun sah, dass er sein Kleid in ihrer Hand ließ

und hinaus entfloh, rief sie das Gesinde ihres Hauses und sprach zu ihnen: …‹
Die Dienerinnen mit weißem und bläulichem Band, gold- und rotgestreift, der Diener mit nackten Beinen und über die Sandalen gerollten Strümpfen; die mit rosa Ziegeln gedeckte Galerie, von der nur ein Joch zu sehen ist.
›Da nahm ihn Josefs Herr und warf ihn ins Gefängnis.‹
Der antike Harnisch des Wachsoldaten, der Josef festhält.
›Und der Pharao wurde zornig über seine beiden Kämmerer, den Obersten der Mundschenken und den Obersten der Bäcker, und gab sie in Gewahrsam ins Haus des Obersten der Leibwache.‹
Der Palast des Pharao, seine Türme und Kuppeln.
›Und es träumte ihnen beiden … in einer Nacht einem jeden ein eigener Traum.‹
Mundschenk und Bäcker in ihren Deckennestern, grüne beim Mundschenk, der mit geschlossenen Augen den Weinstock mit drei Reben voller Trauben sieht, von denen er die üppigste in die Schale des Pharao auspresst, rosa beim Bäcker, der bei geschlossenen Augen drei Körbe über seinem Kopf sieht, darin alles, was Pharao an Feingebackenem liebt, weggefressen zugleich von einem blauen Vogel, einem schwarzen und einem Geier.
›Josef sprach zu ihm: Das ist seine Deutung.‹
Die Gefängnismauer und die sich öffnende Tür.

HIC ISMAELITAE VENDUNT JOSEPH PUTIPHAR EUNUCHO

›Ägypten …‹

Das Gold der Kuppel sich wandelnd zu lebhaftem Markttreiben.
›Josef war schön an Gestalt und hübsch von Angesicht.‹
Das Gold der Kuppel sich wandelnd zum Glitzern des Nil.
›Es begab sich an einem dieser Tage, dass Josef in das Haus ging, seine Arbeit zu tun, und kein Mensch vom Gesinde des Hauses war dabei.‹
Das Gold der Kuppel sich wandelnd zum wirbelnden gleißenden Staub der Nachmittagssonne.
›Und sie bedrängte Josef mit solchen Worten täglich.‹
Das Gold der Kuppel sich wandelnd zur Mattigkeit eines gewässerten Gartens zur Siestastunde.
›Seht, er hat uns den hebräischen Mann hergebracht, dass der seinen Mutwillen mit uns treibe. Er kam zu mir herein und wollte bei mir schlafen; aber ich rief mit lauter Stimme. Und als er hörte, dass ich ein Geschrei machte und rief, da ließ er sein Kleid bei mir und floh und lief hinaus.‹
Das Gold der Kuppel sich wandelnd zu rauschender Stille, in der das Schreien der Frau untergegangen wäre.
›Gefängnis, in dem des Königs Gefangene waren.‹
Das Gold der Kuppel sich wandelnd zu Waffengeklirr, Niello, Schildziselierungen, Schuppen und Platten.
›Und der Oberste der Leibwache befahl Josef zu ihnen, dass er ihnen diente.‹
Das Gold der Kuppel sich wandelnd zur Pracht des Königshauses.

›Und sprach zu ihm: Mir hat geträumt …‹ (von Traum zu Traum).
Das Gold der Kuppel sich wandelnd zum Atmen der Schläfer und zu ineinander verwobenen Träumen.
›Mir hat auch geträumt …‹
Das Gold der Kuppel sich wandelnd zur Hoffnung auf Befreiung, zur glänzenden Gunst.

HIC JOSEPH INTERPRETAT

Die Umrandung der Kuppel.
Die vier Pendentifs:

HIC PHARAO RESTITUIT PINCERNAM IN LOCUM SUUM
›Und setzte den Obersten der Mundschenken
wieder in sein Amt, dass er den Becher reiche
in des Pharao Hand.‹
Die gotische Rose, die Schlangensäulen.
›Aber den Obersten der Bäcker ließ er aufhängen,
wie ihnen Josef gedeutet hatte.‹
An einem Kreuz, die Arme hinter dem Balken, von
Vögeln zerhackt mehr noch als ein Fingerhut …
›Hatte der Pharao einen Traum, und siehe,
er stand am Nil, und aus dem Wasser stiegen
sieben schöne, fette Kühe …‹
Das Kopfkissen mit gestickten Ecken.
›Und die hässlichen und mageren Kühe fraßen
die sieben schönen, fetten Kühe.‹
Die Binsen. Die vertikalen Bänder des Nils mit
den horizontal darüberspielenden Wellen.
HIC PHARAO …

›Nach drei Tagen …‹
Luxus.

›Am dritten Tage, da beging der Pharao seinen Geburtstag …‹
Kadaver.
›Mir träumte, und siehe, ich stand am Ufer des Nils …‹
Von Traum zu Traum.
›Ich hab in ganz Ägyptenland nicht so hässliche gesehen.‹
Das Tor, welches die Träume ein wenig öffnen.

HIC JOSEPH INTERPRETAT

Unter dem Bogen auf der Mauer des Kirchenschiffs:

HIC VIDIT PHARAO SOMNIUM SEPTEM SPICAS IN
›Und ihm träumte abermals: Sieben Ähren wuchsen aus einem Halm, voll und dick. Und siehe, sieben dünne Ähren gingen auf …‹
Das weiße Tuch, auf dem er ruht.
›Und er schickte aus und ließ rufen alle Wahrsager in Ägypten und alle Weisen und erzählte ihnen seine Träume.‹
Die gefiederten Helme der Wachsoldaten.
Die perlmuttbesetzte Spange am Mantel des Königs. Die Hilflosigkeit der drei Weisen.
›Da redete der Oberste der Mundschenken zum Pharao: … ein hebräischer Jüngling, der Knecht des Obersten der Leibwache, dem erzählten wir's …‹
Dann der König auf dem gleichen Thron, doch jetzt ganz in sich gekehrt, den Mantel zusammengebunden, das Zepter abgelegt, voll der Hoffnung.
HIC VIDIT PHARAO SOMNIUM …

›Vom Ostwind versengt …‹

Kaskade von Träumen.
›Als es Morgen wurde, war sein Geist bekümmert ...‹
Geraune.
›Nun sehe der Pharao nach einem verständigen und weisen Mann, den er über Ägyptenland setze ...‹
Der günstige Wind und das Glücksrad.
Ferrara. – Mein Lieber, die Biennale in diesem Jahr ... – Freut mich. – Der Nebel. – Eine Taube. – Wunderbar! – Da sind ...
Und so endet dann Josefs Geschichte.
Im Zentrum ein Rad mit Pflanzenflechtwerk.

HIC JOSEPH REDACTAS SEGETES IN MANIPULOS JUSSIT
›So schüttete Josef das Getreide auf, über die Maßen viel wie Sand am Meer.‹
Die drei großen Pyramiden, Speicher mit schmalen Luken; dahinter zwei Stufenpyramiden.
›Und Josef wurden zwei Söhne geboren ... die gebar ihm Asenat ... Den andern nannte er Ephraim.‹
Die Apsis mit ihrer feinrilligen Muschel.
Der niedrige Tisch mit der Weinflasche.
›Schrie das Volk zum Pharao um Brot. Aber der Pharao sprach zu allen Ägyptern: Geht hin zu Josef.‹
Ein Teppich unter den Füßen Josefs, Bartkrause, Schnurrbart, umringt von seinen Wachsoldaten mit Spitzhelmen, Brustharnischen und großen bauchigen Schilden.
›Tat Josef alle Kornhäuser auf und verkaufte den Ägyptern.‹
Die drei großen Pyramiden, die zwei Stufenpyramiden. Die zwei großen Schilde hinter Josefs Thron. Einer hält den Sack mit seinen Zähnen geöffnet, ein anderer wuchtet mühsam den vollen

Scheffel hoch, um ihn in den Sack zu entleeren.
›Siehe, ich höre, es sei in Ägypten Getreide zu haben; zieht hinab und kauft uns Getreide.‹
Das Akanthusblatt an einer Ecke von Josefs Palast.
Die Reiseschuhe der Söhne.
›Er sah sie an und erkannte sie, aber ... redete hart mit ihnen ... Und er ließ sie zusammen in Gewahrsam legen drei Tage lang.‹
Der eine verschränkt in seinem Kummer die Arme.
›Sie sprachen aber untereinander: Das haben wir an unserem Bruder verschuldet! ... Josef ... wandte sich von ihnen und weinte.‹
Ein Vorhang trennt den Pavillon, wo Josef seine Tränen abwischt, vom Hof, wo seine Brüder mit dem kleinen Dolmetscher zusammenstehen.
›Nahm er aus ihrer Mitte Simeon und ließ ihn binden vor ihren Augen.‹
Die verschiedenen Varianten von Josefs Pavillon, jedes Mal derselbe und doch nicht ganz derselbe, eine Architektur, die man so nicht einfach zeichnen kann, und die man nur in einer Reihe von Annäherungen wiedergeben kann: Schlangensäulen, Säulen mit geraden Kannelüren, wieder Schlangensäulen, Muschel.

HIC JOSEPH REDACTAS SEGETES IN MANIPULOS JUSSIT

›Und kleidete ihn in kostbares Leinen und legte ihm eine goldene Kette um seinen Hals.‹
(Hier weicht der Text vom Wortlaut der Vulgata ab, um das Wort manipulos, Garben, wiederaufzugreifen und diese Szene als Verwirklichung des ersten Traums zu zeigen: HIC VIDIT JOSEPH SOMNIUM MANIPULORUM ...)

Das Gold der Kuppel sich wandelnd in Überfülle von Weizen.
›Asenat, die Tochter Potiferas, des Priesters zu On.‹
Das Gold der Kuppel sich wandelnd zu prunkvollen Hochzeits- und Geburtsfesten.
›Und er nannte den ersten Manasse; denn Gott, sprach er, hat mich vergessen lassen all mein Unglück und mein ganzes Vaterhaus.‹
Das Gold der Kuppel sich wandelnd in wogende Menschenmengen bei Trockenheit und Hitze.
›Den andern nannte er Ephraim: Denn Gott hat mich wachsen lassen in dem Lande meines Elends.‹
Das Gold der Kuppel sich wandelnd zur Verheißung von Brot.
›Denn der Hunger war groß in allen Landen.‹
Das Gold der Kuppel sich wandelnd zu verbrannter Erde.
›Und Josef dachte an die Träume, die er von ihnen geträumt hatte, und sprach zu ihnen: Ihr seid Kundschafter!‹
Das Gold der Kuppel sich wandelnd in Erinnerung des ganzen vergeblichen gleißenden, ausgedorrten Wegs, dem gegangenen und wieder zurückzugehenden.
›Sie wussten aber nicht, dass es Josef verstand; denn er redete mit ihnen durch einen Dolmetscher.‹
Das Gold der Kuppel sich wandelnd in Erinnerung der Weiden, der Landschaften von einst, der Träume Josefs voller Weizenkörner und Sterne, des gleißenden, ausgedorrten Wegs, den er einst gekommen war.

›Und sie luden ihr Getreide auf ihre Esel und zogen von dannen. Als aber einer seinen Sack auftat …‹ Das Gold der Kuppel sich wandelnd zu Weizenwahn, Grauen vor dem Gold, rasenden Blitzen über dem ganzen Himmel.

EGYPTUS

Auf der Mauer des Kirchenschiffs die Rückkehr der Brüder zusammen mit Benjamin.
Hier jetzt die Moseskuppel:

HIC FILIA PHARAONIS JUBET TOLLI INFANTEM MOYSEM
›Und die Tochter des Pharao … als sie das Kästlein im Schilf sah, sandte sie ihre Magd hin und ließ es holen.‹
Der Fluss und sein Verlauf durch Berge und Wüsten, der Nil, der Fluss Gihon des Paradieses, sein Genius an der Quelle mit zugewandtem Rücken, der Korb von Moses ähnlich einem Kasten, einer Arche, einem Sarg; der Palast des Pharao mit Marmorplatten bedeckt, zwei Vorsprünge, ein großer Terrassenbalkon mit Marmorbalustrade, bestückt von kleinen Kugeln, wie die San Marcos; der Pharao wie ein Doge gekleidet; der kleine Moses wie er aufwächst und zuhört.
›Und nahm wahr, dass ein Ägypter einen seiner hebräischen Brüder schlug … erschlug er den Ägypter und verscharrte ihn im Sande.‹
Vor den Palastmauern, zwischen den kubischen Felsen, zu Füßen der Steilwand am Wüstenrand, der alte bärtige Hebräer, welchen der Ägypter misshandelt; daneben Moses in Mantel, Tunika und Hose, wie er den Angreifer an den Haaren auf den

Grasboden niederdrückt und mit einem Knüppel erschlägt, dann zur Hälfte hinter der das Tal abschließenden Felswand verschwindet.
›Am andern Tage ging er wieder hinaus und sah zwei hebräische Männer miteinander streiten und sprach zu dem, der im Unrecht war ... Er aber sprach: Willst du mich auch umbringen, wie du den Ägypter umgebracht hast? Da fürchtete sich Mose und ... floh vor dem Pharao und hielt sich auf im Lande Midian.‹
Der elegante Stock, der angedeutete Pharaonenpalast dicht an der Steilwand am Wüstenrand, Moses geht einen langen Weg um sie herum, und wir finden ihn, mit Heiligenschein, vorn neben einem Vierpassbrunnen sitzend wieder.
›Der Priester in Midian aber hatte sieben Töchter; die kamen ... um die Schafe ihres Vaters zu tränken.‹
Lange Tröge, aus denen die Tiere trinken, das feuchte Glänzen des Brunnenrandes, der Hirte, der zwischen zwei der Schwestern Wasser schöpft, die spärlichen Hartpflanzen in den Sandfurchen am Fuße der Felsen.
›Da kamen Hirten und vertrieben sie. Mose aber stand auf und half ihnen und tränkte ihre Schafe.‹
Die krummen Hirtenstäbe, die gestreiften Schafe.
›Und Mose willigte ein, bei dem Mann zu bleiben.‹
Zippora und eine ihrer Schwestern erwarten den Urteilsspruch Jitros. Das kleine venezianische Fenster mit seiner Mittelsäule.
›Und kam an den Berg Gottes, den Horeb. Und der Engel des HERRN erschien ihm in einer feurigen Flamme aus dem Dornbusch.‹

Moses streift seine Sandalen ab. Eine völlig andere Wüste, rundliche Sanddünen mit ihrer dornigen Vegetation. Ein völlig anderes Aufbrechen.

HIC FILIA PHARAONIS JUBET TOLLI INFANTEM MOYSEM

›Und die Tochter des Pharao ging hinab und wollte baden im Nil … im Schilf …‹

Das Wasser.

Moses: aus den Wassern gezogen.

Venedig aus den Wassern erstanden.

Sarg über die Wasser von Ägypten her gekommen, darin der Körper des heiligen Markus.

›Da schaute er sich nach allen Seiten um und als er sah, dass kein Mensch da war …‹

Der zutiefst ägyptische Charakter dieser kubistischen Wüste. Ein reisender Künstler? Oder sind es Erzählungen und Beschreibungen von Kaufmännern und Seeleuten aus Alexandria?

›Es ist also doch bekannt geworden! Und es kam vor den Pharao …‹

Die schrägen Konturen der Landschaft, jede Szene tritt sozusagen gleich mit der nächsten auf oder setzt sich in dieser fort.

›Die kamen, Wasser zu schöpfen, und füllten die Rinnen …‹

Das Wasser.

›Warum seid ihr heute so bald gekommen? Sie sprachen: Ein ägyptischer Mann …‹

Schön, großherzig, auserwählt …

›Die gebar einen Sohn, und er nannte ihn Gerschom; denn, sprach er, ich bin ein Fremdling geworden im fremden Lande.‹

Das Drängen auf Heirat all dieser Patriarchen.
›Seufzten über ihre Knechtschaft und schrien, und ihr Schreien aus ihrer Knechtschaft stieg auf …‹
Der brennende Busch des Paradieses.

DA

Die Marmoreinfassung, die Pendentifs und ihre Propheten, die Kapitelle.

DA NOBIS

Über dem Tor zur Piazzetta hin kleine Löwen:

DA NOBIS AQUAM
›Gib uns Wasser, dass wir trinken.‹
Die Wüstendurchquerung, die Wachteln,
das Manna, Moses, der Wasser aus dem
Felsen sprudeln lässt.

DA NOBIS AQUAM UT BIBAMUS

Die Tür, die ins Innere führt.
Die Basilika gelobtes Land.

III. DAS INNERE

– It's so wonderful! – Hast du die Frau mit den rubinroten Lippen gesehen? – Was denkst du von … – Sind das Ägypter? – It's fabulous! – It's so nice! – Nein, das sind Syrer. – Glaubst du, wir können hinaufsteigen? – Hast du die Frau

Ich betrete das Kircheninnere durch das Zentralportal; es ist spät am Nachmittag.

Unter meinen Füßen der leicht gewellte Marmorplattenbelag, über den das Licht sich in
langen Bahnen zwischen den Schatten ergießt,
die acht großen grauen Wellen, über welche
die Sandalen oder auch die aufblitzenden
Bleistiftabsätze der Frauen schlittern;
zu beiden Seiten zwischen den mächtigen viereckigen, von Durchgängen durchbrochenen
Pfeilern, drei Porphyrsäulen aus Konstantinopel,
mit goldenen Kapitellen (vier haben an den
Ecken Widder mit gebogenen Hörnern); auf den
Galerien darüber flanierende Besucher, die
sich herabbeugen, schauen, plaudern (bis zu ihnen
hinauf die Marmorplattenverkleidung; darüber
das Gold mit all den schwebenden Figuren);
im Zentrum die Ikonostase aus mehrfarbigem
Marmor mit dem Kruzifix, der Jungfrau, den
Aposteln und dem heiligen Markus von Jacobello
und Pier Paolo dalle Masegne zwischen dem
roten und dem grauen Ambo;

in der Apsis der thronende Christus, datiert um 1506 (wenig geschätzt von den Experten);
der Bogen, links der geflügelte Löwe des heiligen Markus, rechts der Engel des heiligen Matthäus, drei der Tambour-Fenster, die Füße der Jungfrau, die Füße Jesajas und Davids;
der nächstvordere Bogen, dessen abgesetzter Innenbogen natürlich eine umlaufende Inschrift trägt, links der heilige Matthäus, der an seinem Evangelium schreibt, und zu seinen Füßen der Fluss Gihon, der Nil, seine Urne mit rieselndem Wasser auf der Schulter, rechts der heilige Johannes, der seinerseits an seinem Evangelium schreibt, und der Fluss Tigris zu seinen Füßen;
im Tambour, durchströmt von Sonnenstrahlen, einige tanzende Tugenden, ihre Spruchbänder schwenkend: die Füße der Hoffnung, das Kleid des Glaubens, die vier Kardinaltugenden: Gerechtigkeit, Tapferkeit, Mäßigung, Besonnenheit, das Kleid der Demut, die Füße der Sanftmut;
darüber die betende Jungfrau, umgeben von zwei Engeln und zwei Baumstämmen, die Kleider des heiligen Petrus und des heiligen Paulus, zwei Baumstümpfe, die Füße zweier weiterer Apostel;
der davor sich wölbende Bogen ist deutlich stärker, ohne dass man von hier aus die Mosaiken lesen könnte, die ihn ausschmücken;
rechts und links, die Engel mit Schildern, die ›Sanctus‹ verkünden, und in dem Tambour über mir, sehr verzerrt durch die Perspektive, einige verschiedenen Völkern zugehörige Paare:

Elamiten, Mesopotamier, Palästinenser, Kappadozier;
in der Kuppel, sitzende Apostel, die Pfingst-
flammen empfangend, ausgeschickt von einer
Taube auf einem Thron, von wo an einer Kette eine
durchbrochene Bronzekugel herunterhängt,
dann ein enormes Kreuz, das in die sechs Richtungen
des Raumes seine Arme auswirft, die mit den
roten Gläsern ewiger Lämpchen bestückt
sind, von denen das vom großen Fenster hinter
mir hereinfallende Licht kleine Feuerzungen
ausstrahlen lässt.

Jüngste Forschungen haben gezeigt, dass die Basilika bereits von Beginn an ihren jetzigen Grundriss eines griechischen Kreuzes hatte, in Nachbildung der heute verschwundenen Apostelkirche von Konstantinopel. Gegen 1070 ließ der Doge Domenico Contarini wahrscheinlich die ganze Kirche aufstocken, in Anlehnung an den Umbau ihres Vorbildes im zehnten Jahrhundert durch den Architekten Theodoros Belonas, wobei die Kuppeln überhaupt erst errichtet oder als Mauerwerk neu errichtet wurden, zuzüglich einer ersten Vorhalle. Eine Inschrift in der Clemenskapelle rechts vom Chor erinnert uns daran, dass die Auskleidung des Innenraums mit Marmorplatten 1159 begonnen wurde. Und schließlich ist der Einbau der Galerien, die die Emporen miteinander verbinden – heute ein so wichtiger Teil in der Architektur von San Marco – sicherlich nach dem vierten Kreuzzug anzusetzen: das bezeugen die in die Balustrade eingefügten Transennenplatten und die Säulen und Kapitelle, zeitgleich mit der Verkleidung und Neugestaltung der Fassade.

im schwarzen Kleid gesehen? – Hast du gesehen? –
It's so lovely! – Und das da … – Ich dachte, Sie wären in …
– Aus welchem Land? – Meravigliosa! – Es gab Nebel. –

Ich mache eine Runde durch die Kirche und fange auf der rechten Seite an. Am Boden zwei große achteckige Mosaike mit einander zugekehrten Pfauen. Durch die Öffnung im großen viereckigen Pfeiler fällt der Blick auf eine Spitze des grauen Ambos für die Epistel, die Silhouetten der Jungfrau und der Heiligen von Jacobello dalle Masegne, sowie den Schatten der Clemenskapelle. An der Mauer, in der Mitte der Marmorplatten, die wohl zurechtgehauen werden mussten, um sie einsetzen zu können, fünf außergewöhnlich fein gearbeitete Mosaiktafeln:

EZECHIEL PROPHETA

Mit der rechten Hand auf die Jungfrau in der Mitte zeigend. In der Linken seine Schriftrolle haltend: ›Dies Tor soll zugeschlossen bleiben und nicht aufgetan werden.‹

SALOMON PROPHETA

Mit der rechten Hand auf die Jungfrau neben ihm zeigend …

›Wer ist sie, die hervorbricht wie die Morgenröte?‹

M

Beide Hände vor der Brust, ihre Handteller zeigend, auf Goldgittergrund, die betende Jungfrau.

M

›Ich will auf deinen Thron setzen die Frucht deines Leibes.‹

Mit der rechten Hand auf die Jungfrau
zu seiner Linken zeigend.
DAVID PROPHETA
›Siehe, eine Jungfrau ist schwanger und wird einen
Sohn gebären, den wird sie nennen Immanuel.‹
In der linken Hand seine Schriftrolle haltend.
Mit der rechten Hand vor seinem Körper vorbei
auf die Jungfrau in der Mitte zeigend.
YSAIAS PROPHETA

Die Mosaikdekoration des Innenraums von San Marco hat wohl schon mit der ersten Kirche begonnen, zunächst bei der Neuerrichtung durch Domenico Contarini nach dem Vorbild der Dekoration in der Apostelkirche von Konstantinopel, deren Einfluss man in Sankt Lukas in Phokis, in der Sophienkirche von Saloniki und in der Sophienkathedrale und in der Michaelskirche von Kiew verfolgen kann.

Ein altes, bald verändertes Schema. Dabei wird laut venezianischer Überlieferung die Konzeption Joachim von Fiore zugeschrieben, dem Propheten des Dritten Reiches, das des Heiligen Geistes. Geboren 1145, gestorben 1205, hat er selbstverständlich nichts mit den ältesten Darstellungen zu tun, aber wahrscheinlich hat man sich bei der Rückkehr vom vierten Kreuzzug, im Bestreben, zugleich Byzanz und Rom zu übertrumpfen, an ihn oder seine Anhänger gewandt, und folglich ist etwas von seinem Geist auch in dem Zyklus wiederzuerkennen, der in der Vorhalle mit der Schöpfungskuppel beginnt und sich in der Abrahams, und in ähnlichen ›Ikonen‹ aus derselben Zeit fortsetzt.

Durch die offene Tür kommt eine Gruppe aus dem Baptisterium:

Unglaublich! – Alte Venezianer, eine alte venezianische Familie, ein Palazzo, das kannst du dir nicht vorstellen ...

Ich betrete das Innere des großen Viereckpfeilers. Auf dem Bogen über mir der heilige Hilarion ganz nackt, das Geschlecht als Blütenzweig, der heilige Eremit Paulus in karierter Kutte. Links von mir, durch den anderen Pfeiler hindurch, der Lichtschimmer von der Kapelle dei Mascoli; rechts von mir die orientalisierende Tür zur Schatzkammer mit dem Mosaik zum Gedenken an das Feuer von 1230: zwei Engel, die Reliquie des wahren Kreuzes aufrichtend, das einzige vom Feuer Unversehrte.

Ich komme in den rechten Arm des Querschiffs und blicke nach Norden:

Am Boden fünf große Kreise, dann ein diagonales aus Quadraten gebildetes Kreuz, in der Mitte die große graue Fläche; rechts von mir der sechseckige Ambo für die Epistel, die Ikonostase und ihre Statuen, die halbkreisförmigen Stufen zum Chor hinauf, der Ambo für das Evangelium, im oberen Teil in Vierblattform wie die Brunnen auf den Mosaiken, das marmorne Pult als aufgeschlagenes Buch, die sechs Säulen darüber tragen die gerippte Kuppel; die Frauen, die auf dem Plattenboden knien, die Paare, die von hinten kommend vorbeigehen, den Boden und die Bilder betrachtend, betreten und verlassen den Innenraum durch die Tür, die in die Vorhalle unter die Moseskuppel

führt, werfen einen Blick in die Isidorkapelle,
unter der Empore, über die der Baum Jesse hinauswächst; das Gewölbe, sein abgesetzter Gurtbogen
mit umlaufender Inschrift, rechts der heilige
Gregor der Große, links der heilige Hieronymus,
der Bibelübersetzer;
(im Gewölbe linkerhand die Flucht nach Ägypten);
darüber der Tambour, durch den ein Sonnenstrahl
geht, und in der Kuppel Fragmente des Dianatempels von Ephesus während er einstürzt,
der Evangelist Johannes, der Gift trinkt, die zwei
vor Verblüffung zu Boden gegangenen Diener,
die Könige und ihre Anhänger, die sich vor dem
unversehrten Johannes bekehren, die Diener,
die sich vor ihm auf die Knie werfen;
der Bogen davor;
rechts Matthäus, links Markus, beim Schreiben
ihrer Evangelien, unterhalb die Flüsse Gihon
und Euphrat;
weiter oben die tanzenden Tugenden im zentralen
Tambour, sonnendurchstrahlt, die Füße der
Keuschheit, das Kleid der Bescheidenheit, vollständig zu sehen dann die Beständigkeit
und die drei theologischen Tugenden, das blaue
Kleid der Gerechtigkeit, die Füße der Tapferkeit;
und in der Kuppel die Füße und die Kleider
von einigen Aposteln zwischen den Baumstämmen;
die goldenen Engel an den Rippen der Vierung
weiter unten;
der Bogen, wo ich links von mir, stark perspektivisch verzerrt, das Abendmahl und die Fuß-

waschung erahne, und rechts von mir die
Versuchung Christi und seinen triumphalen
Einzug in Jerusalem;
die profilierte Absetzung dieses Bogens;
links und rechts jeweils die heilige Thekla
und die heilige Dorothea.
In der Kuppel der heilige Klemens,
das alles übergossen von dem Licht, das durch die
gotische Fensterrosette hinter mir einströmt,

aus dem dreizehnten Jahrhundert, also wahrscheinlich noch vor dem Durchbruch des großen Fensters in der Hauptfassade, wodurch die Lichtverteilung im Innern der Basilika völlig anders verläuft, ein flagranter und beabsichtigter Bruch mit der byzantinischen Tradition, indem besonders alles Nichtbyzantinische in den Mosaiken dieses Bereichs betont wurde, und so die Figuren des Abendmahls oder der Versuchung wie chinesische Schattenbilder aus dem grell von der Seite erhellten Goldgrund hervorstechen (im Winter fällt das niedrige Licht von Süden her so schneidend herein, dass Zeichnung und Farbe vollkommen weggewischt scheinen von diesem Gold- und Silberteppich, der sich noch über die winzigsten Vorsprünge hängt).
Ich lasse den Renaissancealtar rechts liegen und steige ein paar Stufen hinauf. Auf dem Bogen der heilige Michael und der heilige Gabriel, die in einer Muschel die Büste des jungen Emmanuel tragen. Ich gehe unter der Jungfrau und den beiden Heiligen von Jacobello dalle Masegne hindurch. Ich

bin in der Kapelle des heiligen Klemens, des zweiten Papstes.
Ich betrete den Chor.
Die Rückseite der Ikonostase mit der komplizierten Mechanik, die der selige Papst anbringen ließ, als er Patriarch von Venedig war, um während gewisser Zeremonien die Transennen verschwinden lassen zu können, ohne dass es vom Hauptschiff aus gesehen werden konnte.
Auf beiden Seiten die kleinen Tribünen, auf denen Jacopo Sansovino, ›prote‹, das heißt Konservator der Basilika, von 1527 bis 1570, die Geschichte des heiligen Markus modelliert hat. Wenn man auf die rechte Tribüne, auf der Seite der Epistel, hinaufgeht, kann man auf dem Pfeiler das wohl älteste in San Marco erhaltene Mosaikfragment sehen, das unter einer Marmorabdeckung entdeckt wurde: eine Gruppe von Frauen in Tränen, Überreste einer Kreuzigungsszene.
Die Porphyrsäulen, vergoldete Kapitelle mit windbewegten Blättern.
Der Sarkophag des heiligen Markus unter dem Altar, eingelassen in den Plattenboden, und das sich darüber erhebende Ziborium, dessen sehr alte, gemeinhin auf das fünfte oder sechste Jahrhundert datierten vier Säulen ringsum mit Szenen aus den Evangelien dekoriert sind. Weit hinten in der Apsis zwei einen Altar einrahmende Alabastersäulen. In der Nische links, über der Tür die Auferstehung und die Grablegung von Sansovino. Auf dem Boden das Bild eines Igels und eines Herzens. Man

fand darunter in einer Vase das Herz des Dogen E. Rizzo.

Hinter dem Altar, von einem ausgeklügelten
Mechanismus betrieben, den ebenfalls der einstige
Papst installieren ließ und der es ermöglicht,
sie zu drehen und frontal zum Publikum zu präsentieren, während sie durch einen weiteren Mechanismus von einem Sicherheitsgitter abgeschirmt
werden konnte: die Pala d'Oro, das verblüffendste
Denkmal mittelalterlicher Goldschmiedekunst,
das in einem Entstehungszeitraum von über vier
Jahrhunderten venezianische und byzantinische
Elemente zusammenbringt, eine wahre Essenz
aus Gold, Emaille und Edelsteinen der Welt San
Marcos, im Jahre 976 vom Dogen Pietro Orseolo bei
Künstlern aus Konstantinopel in Auftrag gegeben
(von dieser ersten Periode sollen die Medaillons
der Einfassung herrühren),
dann im Jahre 1105 nach den Anweisungen des Dogen
Ordelaffo Falier erweitert durch Hinzufügung
einer Serie von kleinen viereckigen Tafeln mit Darstellungen von Szenen aus den Evangelien, aus
der Geschichte des heiligen Markus und aus der
Überführung seines Sarges,
im Jahre 1209 nach den Anweisungen des Dogen
Ziani angereichert um in Konstantinopel erbeutete
Emailikonen: alle Szenen des oberen Teils:
Palmsonntag, Auferstehung, Kreuzigung, Jungfrau
mit Kind, Himmelfahrt, Pfingsten, Tod der Jungfrau,
wie auch weiter unten die Porträts des Kaisers
Johannes II. Komnenos und der Kaiserin Irene, dann

1345 durch den Dogen Arno Dandolo, der die zentrale Tafel gestalten ließ: der thronende Christus, ein Buch in der Hand, in dem die Worte in Edelsteine verwandelt erscheinen, umringt von den vier Evangelisten sowie den zwölf Aposteln, und das Ganze zusammengesetzt vom Goldschmied G. P. Boninsegna.

Ich gehe weiter in die Kapelle des heiligen Petrus, des ersten Papstes, Gönner und Förderer des heiligen Markus, der ihn mit zu seinem Evangelium inspirierte, vorbei an der Tür zur Sakristei, vorbei auch an der anderen, die auf den Hof des heiligen Theodor hinausgeht, unter einer weiteren Jungfrau mit Heiligen von Jacobello dalle Masegne; die Stufen hinunter, im Vorbeigehen streiche ich sanft über den roten Marmor des Ambos für das Evangelium, wie schon Tausende und Abertausende vor mir, ihn immer wieder zärtlich erwärmend und belebend.

Denn der Marmor der Wandverkleidungen, bis in Menschenhöhe so wunderbar feucht, leuchtend und singend, seine Wellen von Tafel zu Tafel einander aufnehmend, kleine sich kreuzende Wellen, große Schmetterlingsflügel; über dieser Höhe jedoch, mangels dieser Pflege, dieses Entlangstreichens, dieses Reibens – das Äquivalent im Kircheninneren zum äußeren Rinnen des Regens – verblasst er zu Asche und Staub, ehe sein Glanz sich im Gold wieder erneuert und verherrlicht.

– Die Sonne im Juli. – Was denkst du, sind das Schweden? – Müde? – Sie ist schön. – Magnificent! – Meinst du ... – Das sind eher Norweger. –

Ich gehe weiter vorbei am Altar des heiligen Paulus.
Jetzt bin ich im linken Querschiff und nehme nun meinerseits meinen Weg hinter den Frauen vorbei, die vor der Madonna Nicopeia niederknien,

die Siegbringende,
aus Konstantinopel erbeutet, man sagt ihr nach, sie sei vom heiligen Lukas selbst gemalt worden, wahrscheinlich die aus jener Epoche (neuntes, zehntes Jahrhundert) stammende Nachahmung einer anderen berühmten byzantinischen Ikone, der Madonna Odegetria, mit Juwelen aller nachkommenden Jahrhunderte geschmückt:
Goldkettchen, Perlenketten, Diamanten, dem Schmuckgehänge aus dem achtzehnten Jahrhundert mit den ineinandergeschlungenen M und V.

Am Boden ein enormer mit einem X gekreuzter Kreis, dann fünf ineinandergreifende Kreise, das große graue Feld im Zentrum;
links von mir der rote Ambo für das Evangelium, die Ikonostase mit ihren Statuen, die im Halbkreis angelegten Stufen zum Chor hinauf, der graue Ambo für die Epistel, die große Fensterrosette über der Empore, die einen genaueren Blick auf die Pendentifs oder in die südliche Kuppel behindert;
der Bogen davor (ich errate links den heiligen Johannes, ich weiß, der heilige Lukas befindet sich rechts, beide über den Flüssen Tigris und Pison sich erhebend; darüber die tanzenden Tugenden im zentralen sonnendurchstrahlten Tambour: die Füße der Keuschheit, das Kleid der Geduld, ganz zu sehen dann die Barmherzigkeit, die Reue, die Sanft-

mut und die Demut, das Kleid der Bedachtsamkeit und die Füße der Enthaltsamkeit; und in der Kuppel die Füße und die Kleider einiger Apostel zwischen den Baumstämmen;
die vier Goldengel an den Ecken der Vierung;
der Bogen wie verschlungen vom schneidenden Licht, links entlang der goldgeölten Profile ein zerfasernder großer rotglühender Fleck; die profilierte Absetzung dieses Bogens, links und rechts der heilige Augustinus und der heilige Ambrosius; in der von einem Sonnenstrahl durchzogenen Kuppel zweimal der heilige Johannes, einen Toten zum Leben erweckend.
Ich trete unter die Galerie. Am Scheitelpunkt des Bogens ein von Vögeln gerahmtes Kreuz, an dessen Enden: Salomon, Habakuk, David, Joel. Durch die offene Tür, die Reihung der niedrigen Kuppeln der Vorhalle: Moses neben dem Brunnen Median, Jakob, der seinen Söhnen aufträgt, Weizen aus Ägypten zu beschaffen, die Frau Potifars beim Versuch Josef zu verführen, die letzte Kuppel ganz verdunkelt durch den Kontrast zum Licht, das vom Platz außen auf den Plattenboden hereinrieselt.
Ich betrete das Innere des großen viereckigen Pfeilers; die Galerie gibt ein kreuzförmiges Loch zu sehen, durch welches sich ein tiefdunkles Gold ergießt; nach links geht der Blick durch den anderen Pfeiler zur Tür der Schatzkammer. Und wieder bin ich im Hauptschiff. Dicht angeschmiegt an eine Porphyrsäule, die kleine sechseckige Kapelle für das in Konstantinopel erbeutete Kruzifix mit

marmornem Pyramidendach, das mit einem enormen Achat abschließt; der Weihwasserkessel und die fünf in die Wand eingesetzten Ikonen:

JEREMIAS PROPHETA
Mit der rechten Hand auf Emmanuel in der
Mitte zeigend. In der linken Hand eine Schriftrolle
haltend:
›Danach ist die Erkenntnis auf Erden
erschienen und hat bei den Menschen gewohnt.‹

JOEL PROPHETA
Die rechte Hand zum Himmel gestreckt ...
›Desgleichen vormals nicht gewesen ist und hinfort
nicht sein wird auf ewige Zeiten für und für.‹

I
Emmanuel vor dem Hintergrund des Sternen-
himmels, der rechte Ringfinger den Daumen
berührend, der Mittelfinger vor dem Zeigefinger,
der kleine Finger erhoben, ein Haarbüschel
auf der Stirnmitte wie eine Flamme.

I
›Denn siehe, der HERR geht aus von seiner Stätte
und fährt herab und tritt auf die Höhen der Erde.‹
Die rechte Hand, vor seinem Körper vorbeigestreckt
zeigt auf die Füße Emmanuels an seiner Seite.

MICHEAS PROPHETA
›So gewiss wie die schöne Morgenröte bricht er
hervor und kommt über uns wie der Regen,
wie Spätregen, der das Land feuchtet.‹
In der linken Hand eine Schriftrolle haltend.
Die rechte Hand, vor seinem Körper vorbei-
gestreckt, zeigt auf Emmanuel in der Mitte.

OSEA PROPHETA

Wenn man die Zitate der acht Propheten in ihrem Bibelkontext liest, zeigt sich, manchmal ganz unerwartet, dass ein jedes auf Venedig zugeschnitten ist.

So losgelöst, scheint das Zitat von Joel sich eindeutig auf Emmanuel zu beziehen, schaut man sich jedoch die Stelle genauer an, wird deutlich, dass es hier nicht um ein einzelnes Individuum geht, sondern um ein Volk, und man ahnt schon um welches:

›Gleichwie die Morgenröte sich ausbreitet über die Berge, so kommt ein großes und mächtiges Volk, desgleichen vormals nicht gewesen ist und hinfort nicht sein wird auf ewige Zeiten für und für … Sie sind gestaltet wie Pferde und rennen wie die Rosse. Sie sprengen daher über die Höhen der Berge, wie die Wagen rasseln … Sie stürzen sich auf die Stadt, laufen auf der Mauer, in die Häuser steigen sie ein, wie ein Dieb kommen sie durch die Fenster.‹

So losgelöst, scheint das Zitat von Ezechiel sich offensichtlich auf die Jungfräulichkeit von Maria zu beziehen, befragt man jedoch die Bibelstelle:

›Und er führte mich wieder zu dem äußeren Tor des Heiligtums im Osten … Dies Tor soll zugeschlossen bleiben und nicht aufgetan werden … Nur der Fürst darf sich, weil er der Fürst ist, dort niederlassen und das Opfermahl essen vor dem HERRN. Durch die Vorhalle des Tores soll er hineingehen und durch sie wieder herausgehen.‹

Man erkennt, dass der Prophet mit dem Finger ebenso gut auf jene bestimmte Tür deutet, durch welche der Doge seine Kapelle aufsuchte.

Damit endet die erste Runde durch die Kirche.

Das Hauptportal, das man erneut passieren muss, um auf die Galerien zu kommen, der Rücken des Kirchenschweizers, seine Schulterstücke, die Enden seines Zweispitzes; jenseits seiner Schultern links in der Vorhalle der Bau der Arche, rechts der Turmbau zu Babel; zwischen den beiden das pulsierende Licht vom Platz her, die Menschenmenge im Gegenlicht, wer hereinkommt oder hinausgeht, trägt einen Heiligenschein.

Schweizer? – Hast du die silberblonden Haare gesehen? – Hat es geregnet? – Etwas neblig. – Wie kühl es ist! – Hast du die Frau im grauen Kleid gesehen? – It's lovely.

Ich bin im Mauerinneren hinaufgestiegen. Auf halber Höhe, auf den Galerien werde ich nun eine zweite Runde durch die Kirche antreten, dank der mir erteilten Genehmigung, um dieses Buch schreiben zu können; aber diesmal in umgekehrter Richtung im Norden beginnend. Ich streiche über den glatt polierten Marmor des Geländers, dieser nicht etwa von einem Schleifstein geschliffen und geglättet, sondern lustvoll abgerieben; sanft streiche ich mit dem Handteller über die aufgesetzten Kugeln, steige über die enormen Zugeisen, die zur Stabilisierung dienen.

Die geradlinige Aufeinanderfolge der
Durchbrüche in der Mitte der viereckigen Pfeiler,
wie frei im Raum schwebende Tore.

Und zu allen Seiten Löcher, Aquarien, Becken,
voll wimmelnder Menschenfische.

Die Transennen, aus Konstantinopel hergeschafft und in die Balustrade eingesetzt, die diese abstützenden kleinen Köpfe.

Unten drängen sich die Menschen zusammen, zerstreuen sich, gehen von Feld zu Feld auf dem Marmorschachbrett, aufsteigende, sich mischende Stimmen, Geflüster, Seufzer, Zärtlichkeiten:

– Das sind eher Norweger. – It's nice! – Sie nehmen den Vaporetto bis Rialto. – Du bist schön. – Aus welchem

Jetzt bin ich im viereckigen Pfeiler. Gegenüber auf dem Bogen zwischen dem Kirchenschiff und der Vierung Szenen aus der Passion:

Hoch oben Christus mit großem Schädel, ein Buch
haltend. Judas reckt sich auf die Zehenspitzen,
um ihn zu küssen. Links von ihm die Menge der Juden
mit Tüchern auf den Köpfen: ›Kreuzige ihn!‹
Die Soldaten mit Äxten, Lanzen, Streitkolben,
Laternen, einer Kugelpeitsche.
Einer legt den Zeigefinger unter seinen Daumen
oder seinen kleinen Finger, um böses Schicksal
abzuwenden.
Der ganz kleine heilige Petrus schneidet ein Ohr ab.
Der sehr unebene Boden.
Pilatus mit einem Lächeln: ›Soll ich euren König
kreuzigen?‹ Simon von Kyrene trägt das Kreuz.
Christus von fünf Soldaten umringt, die ihn verhöhnen, er versehen mit einem Mantel, Zepter und
einer Spottkrone: ›Ich wurde mit Dornen gekrönt.‹
Im darüberliegenden Bildfeld in der offenen Erde

unter dem Kruzifix der Schädel von Adam.
Zwei Soldaten, einer mit Helm, losen um die Tunika Christi.
›Jesus von Nazareth, der Juden König.‹
Der geharnischte Soldat, der Jesus mit seiner Lanze in die Seite sticht, der andere, der den mit Essigwasser benetzten Schwamm hochhält.
Die Tränen der Jungfrau und der heiligen Frauen, die Tränen des heiligen Johannes und der Jünger.
Der wankende Soldat mit Heiligenschein ist der Centurio, der sagt: ›Wahrlich, dieser ist Gottes Sohn gewesen.‹ Ganz hoch oben die Engel unter Tränen.

Ich drehe mich im viereckigen Pfeiler weiter herum. Mir gegenüber auf dem seitlichen Gewölbe des Querschiffs die Szenen aus dem Leben Marias, zwölftes Jahrhundert, nach ›benediktinischer‹ Art: die Jungfrau, die am Brunnen ihren Krug füllt, während der Engel sie ruft, der Engel Josef im Traum erscheinend, die Flucht nach Ägypten.

Am Ende der Galerie eine meist zugesperrte Tür, die zur nördlichen Empore führt; dann gelange ich über eine andere Galerie zur Empore über der Petruskapelle links vom Chor. Eine Orgel so wie noch eine andere auf der Empore gegenüber oberhalb der Klemenskapelle, und eine dritte unter der Fensterrosette. Eine komplette Musikschule ist hier in San Marco entstanden, die sich die erstaunliche bauliche Disposition zu Nutze machte und Kompositionen mit mehreren Chören von Stimmen oder Instrumenten organisierte, die an ausgesuchten Stellen postiert wurden, um einander antworten oder ein Echo geben zu können, und so eine räumliche Polyphonie erzeugte, deren Geheimnisse wir jetzt erst beginnen wiederaufzuspüren.

Andrea Gabrieli:
Madrigali e ricercari a quattro voci,
Venetia, 1589
Giovanni Gabrieli:
Sacrae Symphoniae ... senis 7, 8, 10, 12, 14, 15 et 18
tam vocibus quam instrumentis,
Venetia, 1597
Alessandro Raverii:
Canzoni per sonare con ogni sorte di stromenti
a quattro, cinque et otto voci, con il suo
basso generale per l'organo, novamente raccolte
da diversi eccellentissimi musici,
Venetia, 1608
Ludovico Grossi Viadana:
Sinfonie musicali a otto voci,
Venetia, 1610
Giovanni Gabrieli:
Canzoni e Sonate ... per sonar con ogni
sorte di instrumenti,
Venetia, 1615

Die Deutschen des siebzehnten Jahrhunderts nahmen diese neuen Formen auf, die so ihren Weg bis zu Bach fanden.

Am hinteren Ende der Empore geht eine Tür auf einen Balkon, der außen um die Apsis herumläuft und einen so zur anderen Empore gelangen lässt.

Im Innern auf dieser Höhe: Der heilige Nikolaus, Petrus, Markus, Hermagoras.

Claudio Monteverdi:
Selva morale e spirituale,
Venetia, 1640
JUBILET TOTA CIVITAS
Claudio Monteverdi:
Messa a quattro voci e salmi,
Venetia, 1650
DOMUS AUREA
Igor Strawinsky:
Canticum sacrum ad honorem
Sancti Marci nominis,
Venetia, 1956
EUNTES IN MUNDUM UNIVERSUM PRAEDICATE EVAN

Auf dem Gewölbe die Überführung des Leichnams, die eleganten Federstriche aufs beste die durchscheinenden Wellen wiedergebend. Mir gegenüber auf dem Bogen, der die Zentralkuppel von der Südkuppel trennt: die Fußwaschung, das Abendmahl. Unten kommt eine große Gruppe aus der Tür zur Schatzkammer, schwärmt aus, läuft wieder zusammen, um sich unter mir in die Klemenskapelle hineinzuzwängen und die Pala d'Oro zu bestaunen, die in diesem Moment von einem Scheinwerfer erleuchtet wird.

Land kommen die? – Incantevole … – Ich komme aus Konstantinopel. – Belgier? – Müde? – Waren Sie baden?

Durch eine sonst versperrte Tür komme ich auf die Empore unter der Rosette. Auf der Westwand mir gegenüber die Auffindung des Leichnams.

Laut Überlieferung verschwand der Sarkophag des Heiligen während der Verschönerungsarbeiten, die

Domenico Contarini um 1070 durchführen ließ. Man hatte ihn in der Tat wohl verstecken müssen, und es ist gut möglich, dass der Schlüssel zu dem Geheimnis des Verstecks beim Tod des Dogen abhanden gekommen ist. Mit Sicherheit wusste man, dass der Sarg im Innern eines großen Pfeilers war, doch in welchem? Im Jahre 1094 wurde er von Vitale Falier wiederentdeckt.

Zweimal der Kircheninnenraum mit den Galerien, den Durchbrüchen, den Kuppeln. In der Version links (das Gebet; der Patriarch spricht: ›Exaudi Domine populi supplicantis ...‹) hat der Künstler sie alle in einer Linie angeordnet und die Apsis auf der selben Ebene hinzugesetzt. Man sieht den Ambo für das Evangelium.

In der Version rechts, mehr zusammengezogen, sind zwei der Kuppeln zur Hälfte von der Zentralkuppel verdeckt, die Tamboure nur angedeutet; man sieht den Ambo für die Epistel, und die Vorhalle, aus der diese Damengesellschaft auftritt:

> Die Frau im purpur- und rosafarbenen hermelingefütterten Mantel, mit einem grün-goldenen Bändchen zusammengebunden, darunter das weiße Gewand mit spitzem Dekolleté, das die Brust betont, mit breiten gestickten Manschetten, die goldenen Haare mit Perlen durchflochten, mit großen weißen, über die Ärmel ihres weißen Gewandes gestreiften Scheinärmeln mit herabfallenden Rüschen, ein enormer Anhänger aus Perlmutt mit rundgeschliffenen Rubinen und Smaragden.

Die Frau in dem blauen hermelingefütterten Mantel,
einem Barett mit weißen, grünen, roten und
goldenen Streifen, deren Tochter mit Goldkrone
und grüner, von goldenen Kleeblättern besetzten
Tunika fest den kleinen Finger umklammert.

Der Sarkophag wurde in eben dem Pfeiler wiedergefunden, den jene Säule berührt, die auf dem Mosaik mit einer Öffnung dargestellt erscheint. Die Szenen sind von dort aus gesehen, dabei ist die eine auf den Chor zentriert, die andere auf den Pfeiler selbst. Ich gehe in diesen Pfeiler, ich betrachte den Chor. Auf dem Bogen gegenüber von mir die Versuchung Christi und der triumphale Einzug in Jerusalem:

Jesus auf einem flammenförmigen Felsen
vor einer Grottenöffnung sitzend; der kleine
Mohrenteufel reicht ihm einen Korb Brot.
Jesus oben auf dem Tempel von Jerusalem stehend;
der kleine Mohrenteufel zeigt ihm die Erde.
Jesus oben auf einem Berg, Schalen und Edelsteine mit
Füßen tretend, Zug um Zug, nicht ganz Stein um Stein,
der gleiche wie auf dem vorigen Mosaikbild, der
kleine Mohrenteufel, Zug um Zug, nicht ganz Stein
um Stein, der gleiche wie auf dem vorigen Mosaikbild.
Die Engel, die sich annähern, um dem Herrn
zu dienen; der kleine Mohrenteufel schwebt dem
Abgrund entgegen. Vor dem Tor von Jerusalem
wird jedem Huf des Esels ein Mantel untergelegt,
violett, blau, blau, violett.

Der goldene Engel an der Ecke, auf dem Olifant blasend.

Ich blicke nach Norden. Auf dem Bogen gegenüber von mir die Höllenfahrt, die Erscheinung Christi vor den heiligen Frauen, die Ungläubigkeit des Thomas.

Unter der Erde der alte Dämon, Wächter der Toten,
der alte Charon, schwarzglühende Augen,
die Zähne zeigend, der einstige Gott der Ketten
niedergeschmettert, in Ketten, umgeben von
all den Schlössern, Türen, Schlüsseln, Türangeln,
Nägeln und Beschlägen, die einst seine Schätze
waren und jetzt gesprengt herumliegen.
Aus Marmorbottichen entsteigen die gerechten
Könige: David und Salomon, der Vorläufer Johannes
der Täufer, die Patriarchen und unsere ersten
Ahnen, Eva und Adam, dessen einen Fuß Charon
noch hartnäckig festhält, doch dessen Hand
schon der neue Herr fest ergriffen hat.
Die Abfolge der geometrischen Formen:
Streifen, Kreis, Trapez, Kreissegment auf dem
Gewand des Thomas.

Ich trete aus dem Pfeiler heraus. Ich bin wieder im Hauptschiff. Auf der Südwand gegenüber von mir der Ölberg.

Eine wundersame felsige Landschaft breitet
sich in drei Wellen aus mit der angedeuteten Mauer
Jerusalems in der linken Bildhälfte.
DUMMODO REX ORAT SUPPLEX SUA TURBA SOPORAT
›Während der Herr flehend betet,
Schläft die Schar seiner Gefährten,
Dessen er bald gewahr wird,
Und weshalb er sie tadelt.‹

Dreimal Christus, der auf den Felsen kniet,
von links nach rechts sich langsam aufrichtend,
der besternte Nachthimmel sich nach und
nach zeigend, am Ende schwebt ein Engel ein,
um ihm Mut zuzusprechen.
Dreimal Christus, der im Tal steht, im Gespräch
mit Petrus langsam seine Hand höher und höher
erhebend.
Die Erinnerung an das Paradies mit der ganzen
erlesenen Vegetation, jede Pflanze für sich stehend,
wie in einem Pflanzentraumbuch, drei Variationen
auf einem Felsenarrangement.

Ein Fries, Bildstreifen etwa aus der gleichen Zeit wie die Abrahamskuppel und die in die Marmorauskleidung eingesetzten Ikonen unmittelbar darunter, Teil jenes großen Umbaus nach dem vierten Kreuzzug während der letzten Lebensjahre Joachims von Fiore, ein zweiter Zyklus, in dem sich die thematische Abfolge der drei Kuppeln, die zweifellos von der Apostelkirche von Konstantinopel herrührt – die Erwartung des Emmanuel über dem Chor, Himmelfahrt im Zentrum, Krönung des Erdenlebens Christi, wie auf den großen Bögen im Einzelnen entwickelt, Pfingsten im Kirchenschiff, fortgeführt auf den Seitenbögen – in vertikaler Anordnung wieder aufgenommen findet, wobei die Ost-West-Achse zu einer von unten nach oben laufenden Achse wird: Propheten um die Jungfrau herum und Emmanuel unter den Galerien, Szenen aus dem Leben Christi auf ihrer Höhe, Pfingstkuppel.

Ein ganzer Trupp von Touristen, der soeben auf der hinteren Empore auftaucht, wo dieser zweite Rundgang endet:

– *Roselina! – Und wie war das Konzert gestern Abend?*

– *Mein Lieber, die Biennale in diesem Jahr ist abscheulich!*

Lassen wir den Blick nun zur dritten Ebene hochsteigen, von der wir bis jetzt nur einige Partien in den Bögen gesehen haben, erheben wir uns in die Kuppeln, die im Ganzen zu sehen so viel Zeit erfordert und die es von allen Punkten der Basilika aus zu studieren gilt, um alle Details zu erkennen.

Lange Zeit bevor eine neue Serie von Propheten in die Marmorauskleidung des Zentralschiffes eingesetzt wurde, gab es schon eine regelrechte Gesprächsrunde in der Kuppel über dem Chor.

Von Sternen umgeben der segnende Emmanuel im Zentrum.

Zweifellos der Teil, von dem die gesamte Dekoration ihren Ausgang nahm, der jedoch am Ende des zwölften und im dreizehnten Jahrhundert beträchtlich verändert wurde.

OSEA PROPHETA

›Er wird uns am dritten Tage aufrichten,
dass wir vor ihm leben.‹

HABACUC PROPHETA

›Gott kommt von Teman und der Heilige
vom Gebirge Paran.‹

ABDIAS PROPHETA

›Und es werden die Geretteten auf den Berg Zion ziehen ... und die Königsherrschaft wird des HERRN sein.‹

DANIEL PROPHETA

›Wenn das Allerheiligste eintritt,
wird die Salbung geschehen.‹
JEREMIAS PROPHETA
›Das ist unser Gott ...‹
YSAIAS PROPHETA
›Siehe, eine Jungfrau ist schwanger und wird einen Sohn gebären, den wird sie nennen Immanuel.‹
M
Die betende Jungfrau mit erhobenen Händen.
M
›Ich will auf deinen Thron setzen
die Frucht deines Leibes.‹
DAVID PROPHETA
›Wer ist sie, die hervorbricht wie die Morgenröte?‹
SALOMON PROPHETA
›Siehe, ich will meinen Engel senden,
der vor mir her den Weg bereiten soll.‹
MALACHIAS PROPHETA
›Siehe, es ist ein Mann, der heißt ›Spross‹.‹
ZAKARIAS PROPHETA
›Und er wird kommen, begehrt von allen Völkern.‹
AGGEUS PROPHETA
›Suchet den HERRN, all ihr Elenden im Lande.‹
SOFONIAS PROPHETA
›Und ein jeder kehre um von seinem bösen Wege
und vom Frevel seiner Hände!‹
JONAS PROPHETA

In den Pendentifs der Löwe des Markus an der Nordostecke, der Engel des Matthäus an der Südostecke, der Stier des Lukas an der Nordwestecke, der Adler des Johannes an der Südwestecke.

Im Gewölbe der nördlichen Empore die Geschichten des heiligen Markus und des heiligen Petrus, des ersten Papstes, dem jener sein Evangelium schenkte. Auf der Südseite die Geschichten des heiligen Clemens, des zweiten Papstes, und die Überführung des Leichnams des heiligen Markus.
Zwischen der Kuppel des Emmanuel und der Himmelfahrtskuppel auf dem Bogen, demnach zwischen der Erwartung Christi und seiner Offenbarung, seine Kindheit nach den Kartons von Tintoretto.

Der Herr auf dem Regenbogen sitzend,
vor dem Hintergrund einer Sternennacht,
gehalten von vier fliegenden Engeln.
Die Jungfrau, gerahmt von zwei Engeln und den
zwölf Aposteln zwischen den Bäumen.

Zwischen den Fenstern des Tambours die sechzehn Tugenden:

FORTITUDO
›Der HERR zerschlägt das Gebiss der Löwen.‹
JUSTITIA
›Der HERR ist gerecht und hat Gerechtigkeit lieb.‹
FIDES
›Der Gerechte wird aus Glauben leben.‹
SPES
›Hoffet auf ihn allezeit, liebe Leute …
Gott ist unsre Zuversicht.‹
KARITAS MATER VIRTUTUM
›Liebe deckt der Sünden Menge zu.‹
CONSTANTIA
›Selig sind, die um der Gerechtigkeit willen
verfolgt werden.‹

MODESTIA

›Selig seid ihr, wenn euch die Menschen hassen.‹

CASTITAS

›Selig sind, die reinen Herzens sind;
denn sie werden Gott schauen.‹

PATIENTIA

›Selig sind, die Frieden stiften;
denn sie werden Gottes Kinder heißen.‹

MISERICORDIA

›Selig sind die Barmherzigen;
denn sie werden Barmherzigkeit erlangen.‹

ABSTINENTIA

›Selig sind, die da hungert ...
denn sie sollen satt werden.‹

PENITENTIA

›Selig sind, die da Leid tragen;
denn sie sollen getröstet werden.‹

DULCITUDO

›Selig sind die Sanftmütigen;
denn sie werden das Erdreich besitzen.‹

HUMILITAS

›Selig sind, die da geistlich arm sind;
denn ihrer ist das Himmelreich.‹

PRUDENTIA

Ich habe es nicht lesen können.

TEMPERANTIA

In den Pendentifs die menschlichen Gestalten der Evangelisten, von Bauwerken umgeben und ihre Bücher schreibend:

SANCTUS MATTHAEUS

›Dies ist das Buch der Geschichte Jesu Christi,

des Sohnes Davids, des Sohnes Abrahams.‹
Zu seinen Füßen der Fluß Gihon;
Matthäus evangelisierte die Äthiopier.
SANCTUS JOHANNES
›Im Anfang war das Wort.‹
Zu seinen Füßen der Fluss Tigris;
Johannes evangelisierte die Juden.
SANCTUS LUCA
›Zu der Zeit des Herodes ... lebte ein Priester ...
mit Namen Zacharias.‹
Zu seinen Füßen der Fluss Pison;
die Basilika sagt uns nicht, wen er evangelisierte.
SANCTUS MARCUS
›Dies ist der Anfang des Evangeliums
von Jesus Christus.‹
Zu seinen Füßen der Fluss Euphrat;
Markus evangelisierte nicht bloß in Alexandria,
auch in Venetien, in Aquileia.

Ihre Disposition hat sich im Vergleich zur Kuppel davor um neunzig Grad gedreht.
In den großen Bögen das Leben Christi, vervollständigt um ergänzende Szenen und das Leben der Jungfrau in den Querschiffbögen.
Das Wasser der alten Worte auf die Völker rieselnd, auf jene Völker, die sich in der Basilika zusammenfinden, umhergehen, rasch aufblicken, ihre Gespräche fortführen:

– Alte Venezianer, eine alte venezianische Familie, ein Palazzo ... – Der Himmel ... – Was meinst du ... – Engländer? – I couldn't imagine! – Unglaublich! – Ungl ...
– Hochsteigen? – Diese Frau ... – Mit Ihnen? – Amerikaner?

Auf dem Bogen zwischen der Zentralkuppel und der Nordkuppel die Hochzeit zu Kana und das Abendmahl nach Tintoretto.
In den byzantinischen Kirchen ist die rechts vom Chor liegende Kapelle für gewöhnlich Johannes dem Täufer gewidmet, dem Vorläufer. Er ist es, auf den in der Kuppel des Emmanuel die Prophezeiung des Malachias gemünzt ist.
Die Symmetrie zwischen den beiden Johannes, der eine, der die erste Ankunft, der andere, der die zweite ankündigt, ein klassisches Thema der mittelalterlichen Malkunst; wenig verwunderlich also, besonders zu einer Zeit, wo Venedig dem Denken Joachims von Fiore folgte, die nördliche Kuppel dem Autor der Apokalypse gewidmet zu finden. Bestimmte Details zeigen eine große Nähe zur dritten Kuppel der Vorhalle, jener der Jugend Josefs. Das Bett, auf dem ein durch Wunder Geheilter liegt, erinnert an das des jungen Träumers, die Köpfe in den Gruppen sind auf die gleiche Art wie Pyramiden geraten.

Im Tambour Symbole der Evangelisten in derselben Ausrichtung wie im Chor und die verkünden:
CHRISTUS VIVIT
CHRISTUS REGNAT
CHRISTUS IMPERAT
In den Pendentifs die vier Väter der römischen Kirche: Hieronymus, Gregor der Große, Ambrosius und Augustinus.

Die Linie vom Täufer zum Evangelisten bildet eine dritte historische Achse von Süd nach Nord, deren

Verknüpfung mit den anderen Achsen von Ost nach West und von unten nach oben die Figur des heiligen Markus andeutet, vom Kirchenzentrum aus: INITIUM ...

Die südliche Kuppel jedoch ist keineswegs dem Täufer zugedacht.

In der Vorhalle wird ein erster Zyklus mit der Abrahamskuppel symmetrisch zur Schöpfungskuppel abgeschlossen, der dann im Kircheninneren mit den ›Ikonen‹ und dem Ölberg weitergeführt wird.

Mit der ersten Josefskuppel, in der gleichen Epoche entstanden wie die des südlichen Querschiffs, gemeinhin Leonhardskuppel genannt und wohl etwas später als die des Johannes von Patmos, zeichnet sich ein dritter Gesamtplan ab, welcher die Nutzung der südlichen Vorhalle als Baptisterium, also als Kapelle des Vorläufers mit einschließt.

Dadurch wird die Symmetrie der beiden Johannes aufgelockert; die südliche Kuppel wird frei für einige Heilige, denen in Venedig besonders gehuldigt wurde:

> SANCTUS BLASIUS
> SANCTUS CLEMENS
> ›Herr, du hast deinem Märtyrer Klemens mitten im Meer eine Wohnstatt aus Marmor gegeben, von den Engeln erbaut in der Form eines Tempels, und du hast dem Volk des Landes einen Weg gebahnt, auf dass es von deinen Wundern künde.‹
> SANCTUS NIKOLAUS
> SANCTUS LEONARDUS

In den Pendentifs vier Heilige.

Unten kehrt, geführt von einem Reiseführer, eine ganze Gruppe in das Hauptschiff zurück. Einige Paare; Geflüster, verstohlene Küsse:

– *Sie wissen, wo der Palazzo ... – Hier haben Sie die ...*

– *Meravigliose. – Glauben Sie, es sind ... – Eine Taube. – Hat*

Auf dem Bogen zwischen der Himmelfahrtskuppel und der Pfingstkuppel, der Tod und die Wiederauferstehung.

Die Taube auf ihrem Thron; die zwölf Apostel, jeweils schwer zu identifizieren.

Im Tambour zwischen den Fenstern sechzehn Paare, die sechzehn Völkerschaften der Apostelgeschichte:

PARTHI

MEDI

ELAMITAE

MESOPOTAMIA

JUDAEA

CAPPADOCIA

PONTUM

ASIA

›Es wohnten aber in Jerusalem Juden, die waren gottesfürchtige Männer aus allen Völkern unter dem Himmel. Als nun dieses Brausen geschah, kam die Menge zusammen und wurde verstört, denn ein jeder hörte sie in seiner eigenen Sprache reden. Sie entsetzten sich aber, verwunderten sich und sprachen: Siehe, sind nicht diese alle, die da reden, Galiläer? Wie hören wir sie denn ein jeder in seiner Muttersprache? Parther und Meder und Elamiter und die da wohnen in Meso-

potamien, Judäa und Kappadozien, Pontus
und der Provinz Asia, Phrygien und Pamphylien,
Ägypten und der Gegend von Kyrene in Libyen
und Römer, die bei uns wohnen, Juden und
Proselyten, Kreter und Araber: Wir hören sie in
unsern Sprachen die großen Taten Gottes verkünden.‹

FRIGIA
PAMPHYLIA
AEGYPTUM
LIBYA
ROMANI
JUDAEI
CRETES
ARABES

Alle in ihren Volkstrachten.
Unter Beibehaltung der biblischen Textabfolge hat der Mosaizist versucht, seinen Bildkreis nach dem Horizont Jerusalems auszurichten.
In den Pendentifs vier Engel.
In den seitlichen Bögen die Abenteuer der Apostel unter den Völkern ...

es geregnet? – Ein Palazzo, ich sage dir, unvorstellbar! – ...
Mit korallenroten Nägeln. – Und das ... – Hast du gesehen?

Über der großen Empore die Vollendung von all diesem, das Jüngste Gericht, das Paradies im Zenit, und durch das große Fenster hindurch, was eine Gestalt des himmlischen Jerusalem sein sollte, Venedig, der Himmel von Venedig.

SERMONEM CONFIRMANTE SEQUENTIBUS SIGNIS

Und so endet der dritte Durchgang.

– Ja und? – Die Frau mit den fuchsienroten Lippen.
– Österreicher? – Hast du gesehen? – Ich glaube, wir müssen …

IV. DAS BAPTISTERIUM

Ich passiere die Tür unter der Ikone der betenden Jungfrau.
Im Zentrum das Taufbecken mit der Statue Johannes des Täufers von Sansovino. Der ursprüngliche Zugang erfolgte von der jetzigen Zeno-Kapelle. Damals waren auf dem Gewölbe gegenüber die Könige zu sehen, die Herodes nach dem Weg fragen:

UBI EST QUI NATUS EST REX JUDAEORUM
›Wo ist der neugeborene König der Juden?‹
Die funkelnden Kronen der vier Könige.

Unterhalb die aufgereihten Raben in Trompe-l'oeil.
Sei still. – Und wie war das Konzert? – Die Frau mit den Wild-Rose-Lippen – Das Wasser. – Die Frau im indigoblauen Kleid.
Die Anbetung der Könige. Josefs Traum.

ADORABUNT EUM OMNES REGES TERRAE ET OMNES
›Alle Könige sollen vor ihm niederfallen
und alle Völker ihm dienen.‹
Der Diener mit gefiedertem Turban,
der das Kamel durch das Tor führt.
Der Stern auf seinem sich dreiteilenden
Strahl herniedergleitend.
Von Traum zu Traum.

Der Stern kommt vom großen leuchtenden Kopf des Herrn als alter Mann im Zenit des Gewölbes.
– Die Zobelhaare. – Sanft. – Zobel. – Blassrot. – Indigo.
– Coeur de Rose. – Ich war in Kairo. – Sei still. – Das Wasser.

Auf der anderen Seite die Flucht nach Ägypten:

SURGE ET ACCIPE PUERUM ET MATREM EJUS ET FUGE
›Steh auf, nimm das Kindlein und seine Mutter
mit dir und flieh nach Ägypten und bleib dort,
bis ich dir 's sage.‹
Es ist der Text zum Traum von der gegenüberliegenden Seite.
Der Diener, der den Esel durch das Tor führt,
an seinem Stock hängt eine große Kürbisflasche.
Von Ägypten nach Ägypten.

Oberhalb davon die Propheten, ihre Verkündungen unter den Strahlen des Herrn entrollend.

– Ich liebe dich. – Das Gold. – Das sind Hindus. – Sei still.
– Beautiful. – Der Himmel im März. – Gold. – Che belle ...
– Rose. – Sei still. – Lieb dich. – Das Wasser. – Gefällt Ihnen?
– Sehr. – Schatten. – Der Schatten. – Splendid!

Der Kindermord in Bethlehem:

TUNC HERODES VIDENS QUONIAM ILLUSUS ESSET A M
›Als Herodes nun sah, dass er von den Weisen
betrogen war, wurde er sehr zornig und schickte
aus und ließ alle Knaben in Bethlehem töten
und in der ganzen Gegend, die zweijährig und
darunter waren, nach der Zeit, die er von
den Weisen genau erkundet hatte.‹

Nahezu völlig wiederhergestellt zwischen 1867 und 1880, einige Originalfragmente befinden sich im Museum. Das Ganze gehört in die Zeit des Dogen Andrea Dandolo, der 1354 starb, aber bereits seit dem fünfzehnten Jahrhundert erfolgten umfangreiche Restaurierungen und Umwandlungen unter der Leitung von Paolo Uccello, der zu diesem

Zweck von 1425 bis 1430 nach Venedig kam, dann nochmals 1445. Vor allem sind ihm wohl die geretteten Köpfe der zwei Krieger hinter Herodes zu verdanken.

– Love … – Wonder … – Sonne im Juni. – Seid still. – Schöne.
– Nebel. – Liebe dich. – Blau. – Hast du gesehen?

Auf der Mauer zur Kirche hin zwei Propheten:

ABDIAS PROPHETA
›Denn siehe, ich mache dich klein
unter den Völkern.‹
(In Wirklichkeit ein Passus aus einer
Verwünschung gegen Edom: ›Denn siehe,
ich mache dich gering unter den Völkern.‹)

JONAS PROPHETA
›Ich rief zu dem HERRN in meiner Angst,
und er antwortete mir.‹

In griechischem Stil, nahe verwandt mit jenem der Kirche von Chora (Kahrie-Dschami) in Konstantinopel, Baubeginn 1310, dem auch alle anderen Mosaiken des Baptisteriums folgen.

– Glauben Sie … – Hat es geregnet? – Wie kühl! – Weißdorn.
– Wonder … – Sei still. – Wolken. – Isabella. – Das Wasser.
– Das Gold. – Sprich leiser. – Aus welchem Land? – Was für

Und so geht die Taufe Christi:

HIC EST BAPTISMUM CHRISTI
›Und es begab sich zu der Zeit, dass Jesus aus
Nazareth in Galiläa kam und ließ sich taufen
von Johannes im Jordan. Und alsbald, als er aus dem
Wasser stieg, sah er, dass sich der Himmel auftat
und der Geist wie eine Taube herabkam auf ihn.
Und da geschah eine Stimme vom Himmel: Du bist

mein lieber Sohn, an dir habe ich Wohlgefallen.‹
Das Blau des Himmels, der sich öffnet und seine
Spitzen in das Gold senkt. Der Stern, den
die Könige gesehen hatten, schwebend über den
Wassern. Der Flussgenius unter den Fischen.

Gegenüber, zwischen den beiden ›Pfeilern aus Akkon‹ die verglaste mit Bronzeketten versperrte Tür, die auf die Piazzetta geht. Linker Hand der Dogenpalast; gegenüber die Säule des heiligen Markus und die des heiligen Theodorus, der scharfe Bug der sich wiegenden Gondeln, die Pfosten, an denen sie festgemacht sind, das Wasser, das Blitzen des Wassers, der vorbeifahrende Vaporetto, die Cafétische vor den Arkaden der Libreria, die Amerikaner, die Engländer, die Deutschen und die Franzosen, die Italiener, die Venezianer, die Afrikaner, die Asiaten.

Haare! – Was für eine Hitze! – Welche Region? – Schön. – Hierher. – Sei still. – Und das? – Ich liebe dich. – Sehr? – Müde? – Hast du gesehen? – Really? – Dahlie. – Blauschwarz. – Ein Palazzo! – Hast du gesehen? – Das Wasser.

Im Zenit der Kuppel Christus auf dem Doppelregenbogen sitzend.

EUNTES IN MUNDUM UNIVERSUM PRAEDICATE EVAN
›Gehet hin in alle Welt und predigt das Evangelium
aller Kreatur. Wer da glaubt und getauft wird …‹

Eine Blattwerkgirlande.

– Aprilhimmel. – Sehen Sie … – Grünes Kleid. – Großartig!

Ringsherum zwölf Apostel, ein jeder ein Volk taufend – Jakobus der Ältere ausgetauscht gegen Markus – dabei über den Kopf des nackten Täuflings streichend, der bis zur Gürtelhöhe in einen Marmorbottich, einen Brunnen, eine Wanne eingetaucht ist, vor den Mauern einer Stadt, zur Verblüffung eines Einheimischen in landesüblicher Tracht.

SANCTUS MATHEUS
tauft in Äthiopien
SANCTUS SIMON
tauft in Ägypten
SANCTUS THOMAS
tauft in Indien
SANCTUS ANDREA
tauft in Chaja
SANCTUS PETRUS
tauft in Rom
SANCTUS BARTOLOMEUS
tauft in Indien
SANCTUS TADEUS
tauft in Mesopotamien
SANCTUS MATIAS
tauft in Palästina
SANCTUS MARCUS
tauft in Alexandria
SANCTUS JOHANNES
tauft in Jerusalem
SANCTUS JACOBUS MINOR
tauft in Judäa
SANCTUS PHILIPPUS
tauft in Phrygien

Ohne hier eine geographische Ausrichtung erkennen zu können. Zweifellos nach byzantinischem Muster, von dem bestimmte Teile ersetzt wurden.

– Mahagoni-Haare. – Maisonne. – Zigeunerlippen. – Rosa

Auf den Pendentifs die vier griechischen Kirchenväter:

SANCTUS JOHANNES CHRYSOSTOMUS

SANCTUS GREGORIUS NAZIANZENUS

SANCTUS BASILIUS EPISCOPUS

SANCTUS ATHANASIUS

Ihre Kaseln geziert mit schwarzen Kreuzen auf weißem Grund.

Die Tür zum Kircheninneren. Zwei der Pfeiler, zwei der Porphyrsäulen in einer Linie, die Weihwasserkessel, der Lichtregen vom großen Fenster.

Das Kommen und Gehen der Äthiopier und Äthiopierinnen, der Ägypter und Ägypterinnen, der Hindus und Hindufrauen …

Fingernägel. – Müde? – Meravigliosa! – Glauben Sie … – Eine Taube. – Das Wasser. – Du bist schön. – Bella donna. – Das Licht. – Das Gold. – Really? – Februarhimmel.

Auf der Mauer oberhalb der Tür das Bankett des Herodes.

PUELLAE SALTANTI IMPAVIT MATER: NICHIL ALIUD PET

›Als aber Herodes seinen Geburtstag beging, da tanzte die Tochter der Herodias vor ihnen. Das gefiel Herodes gut. Darum versprach er ihr mit einem Eid, er wolle ihr geben, was sie fordern würde. Und wie sie zuvor von ihrer Mutter angestiftet war, sprach sie: Gib mir hier auf einer Schale das Haupt Johannes des Täufers!‹

Die tanzende Salome in rubinrotem, golddurchwirkten Gewand mit langen Hermelinanhängern an den Ellbogen, einer Hermelinbordüre am bis zum

Gesäß reichenden Schlitz des Gewandes, über
ihren goldenen Haaren die goldene Schale haltend,
darauf der lange Kopf mit langem Bart des
heiligen Johannes.

Durch das hohe Fenster gegenüber der Himmel, die Wolken.

– Gefällt Ihnen? – Rosetta. – Lila Kleid. – Kannten Sie sich? – Ich komme aus Alexandria. – Das Wasser. – Gesehen? – It's fantastic! – Gelbes Kleid. – Magnificent! – Sie folgen der … – Der Schatten. – Kann man? – Magnif … – Wond …

Die zweite Kuppel oberhalb des Altars.

Christus unter Sternen, gerahmt von zwei
Cherubim mit kantigen Gesichtern,
innerhalb eines Kreises von neun nahezu nackten,
Kerzen haltenden Engeln.

Zwei zeigen ihre Knie, in einen langen unter den Nabel geschlungenen Schurz gehüllt.

– Junisonne. – Hello! – Oh! – Österreicher? – Aus welcher Zeit? – Das Wasser. – Das Gold. – Gesehen? – Deutsche.

Ringsum die Repräsentanten der neun Ordnungen der Engel:

SERAFINI
Auf einem Thron sitzend, in ein Gewand gekleidet,
Lanze in der Hand.

CHERUBINI
Vielförmiger als üblich, mit zehn Flügeln
und zwei Beinen.

TRONIS
Auf einer Scheibe sitzend, gekrönt,
ein Szepter haltend.

DOMINATIONES
Wie ein heiliger Michael, mit Harnisch,
eine Waage haltend, auf der er eine Seele wiegt,
und zugleich mit seiner langen Lanze
den Teufel durchbohrend, der auf die andere
Waagschale drückt.
ANGELI
Über den Wolken schwebend lässt er eine
ganz in Bänder gewickelte Seele in den Himmel
aufsteigen.
ARCHANGELI
Über der offenen Erde schwebend,
in der die wartenden Toten zu sehen sind,
lässt er eine von ihren Bändern halbbefreite
Seele in den Himmel aufsteigen.
VIRTUTES
Er beugt sich zu einer mitten in der Wüste
verwesenden Leiche herab. Daneben eine Quelle;
etwas weiter eine Feuersäule mit einem Höllen-
gesicht darauf.
POTESTATES
Das Knie auf den Teufel gestemmt,
dem er Fesseln anlegt.
PRINCIPATUS
Mit Helm und Harnisch, ein Schwert haltend,
auf einem
kurulischen Stuhl mit Löwenköpfen und -Tatzen
wie beim Dagobert-Thron.

Ein Fliesenbelag unter ihren Füßen, außer in der Wüste.

– Venezianer. – Die korallenroten Haare. – Frische. – Das

Wasser. – Wonder ... – Deiner Meinung nach ... – Ganz sicher! – It's love ... – Das Gold. – Das Wasser. – Oranges Kleid. – Hierher. – Der Schatten. – The most beautiful

Auf den Pendentifs die vier römischen Kirchenväter:

SANCTUS GREGORIUS

SANCTUS AUGUSTINUS

SANCTUS GERONIMUS

SANCTUS AMBROSIUS

Ihr Schreibgerät, ihre Tintenfässer, Pulte, Stühle, Zimmer, ihre Bäume, ihre Ratgeber-Engel.

thing ever ... – Ein Palazzo! – Diese Frau ... – Wie kühl! – Wissen Sie wo ... – Schön. – It's so nice! – Schön!

Auf der Mauer des Kirchenschiffes Herodias nach der Version des heiligen Markus (die erste war die nach Matthäus):

DECHOLACIO SANCTI JOHANNIS BAPTISTAE

›Was du von mir bittest, will ich dir geben, bis zur Hälfte meines Königreichs. Und sie ging hinaus und fragte ihre Mutter: Was soll ich bitten? Die sprach: Das Haupt Johannes des Täufers. Da ging sie sogleich eilig hinein zum König, bat ihn und sprach: Ich will, dass du mir gibst, jetzt gleich auf einer Schale, das Haupt Johannes des Täufers. Und der König wurde sehr betrübt. Doch wegen der Eide und derer, die mit zu Tisch lagen, wollte er sie nicht abweisen. Und alsbald schickte der König den Henker hin und befahl, das Haupt des Johannes herzubringen. Der ging hin und enthauptete ihn im Gefängnis und trug sein Haupt herbei auf einer Schale und gab's dem Mädchen, und das Mädchen gab's seiner Mutter.

Und da das seine Jünger hörten, kamen sie
und nahmen seinen Leichnam und legten ihn
in ein Grab.‹

HIC SEPELITUR CORPUS SANCTI JOHANNIS BAPTISTAE

Die Gitterstäbe des Kerkers in umgekehrter Perspektive.

Die griechischen Kaseln der Jünger des Johannes.

– Oh! – Das Wasser. – Brasilianer. – Das Gold. – Hast du bemerkt? – Der Schatten. – Der Himmel. – Unglaublich! – Incantevole! – Sei still. – Die Frau mit den ... – Müde?

Auf der Mauer zur Schatzkammer, die Geschichte von Zacharias, des Vaters von Johannes dem Täufer:

INGRESSUS ZACHARIAS IN TEMPLO DOMINI STANS A DE

›Und es begab sich ..., dass ihn nach dem Brauch
der Priesterschaft das Los traf, das Räucheropfer
darzubringen; und er ging in den Tempel des Herrn
... Da erschien ihm der Engel des Herrn,
der stand an der rechten Seite des Räucheraltars.
Und als Zacharias ihn sah, erschrak er,
und Furcht überfiel ihn.‹

HIC SANCTUS ZACHARIAS EXIT MUTUS AD POPULUM

›Als er aber herauskam, konnte er nicht
mit ihnen reden; und sie merkten, dass er eine
Erscheinung gehabt hatte im Tempel.
Und er winkte ihnen und blieb stumm.‹

SANCTUS ZACHARIAS SANCTUS ELISABETHA

›Nach diesen Tagen wurde seine Frau Elisabeth
schwanger.‹

Die Umarmung des Vaters und der Mutter.

Die Bewegung, welche die drei Gestalten des Zacharias vereint.

– Ich liebe dich. – Licht. – Nebel. – Rotes Kleid. –
Bitte. – Frisur. – Sicher! – Lippen. – You know ... –
Coral Ice. – Am Abend. – Alte. – Taube. – Touristen.

Auf der Mauer zum Querschiff, das Kruzifix, umgeben von der Jungfrau, den zwei Heiligen Johannes, wobei der Täufer sein eigenes Wort nach dem Evangelium seines Nachbarn verliest, und dem heiligen Markus, der sein Evangelium auf der Seite des Ostertages geöffnet hat, dem der einstigen Taufe:

IN ILLO TEMPORE MARIA MA ...
›Zu jener Zeit Maria Ma ...‹
ECCE AGNUS DEI ECCE ...
›Siehe, da ist Gottes Lamm ...‹
ECCE ...

Auf Knien, und vor den Bögen um einiges kleiner, der Doge Andrea Dandolo, der diese Dekoration um 1350 anordnete und der seit 1354 im Baptisterium ruht, dann der Kanzler und die Dogaressa.

– Spitzen. – Ich bitte dich. – Und das? – Karmesinrotes
Kleid. – Die Freundin Salomé! – I couldn't imagine!
– Du hast es gesehen! – A Roma ... – Der Freund Marco!
– Der Septemberhimmel. – Roselina. – Sie folgen
der calle larga di San Marco ... – Ich komme aus Wien.
– Ich komme aus Belgrad. – Ich traf gerade die ...

V. DIE KAPELLEN UND NEBENRÄUME

Water. – Rosarote Lippen. – Sicher sehr restauriert!
– Man müsste ... – Fashion. – It's love ... – Hello, Marco!

Die Krypta unter dem Chor. Beidseitig eine Treppe.

Der Sarkophag des Heiligen, in die Decke
eingemauert. Drei Stufen, halbrund hinter dem
Altar, um ihn berühren zu können.

Früher alle Jahre unter Wasser, inzwischen hat man sie abgedichtet.

– Alte? – Dieser Reliquienschrein! – Sind das Argentinier? –
Denken Sie nur! – Wie sagt man auf Italienisch Bergkristall?

Die Tür zur Schatzkammer im Südquerschiff, darüber das Mosaik zum Gedenken an die wundersame Verschonung der Kreuzreliquie beim Brand von 1230.

Links in einer kleinen Kapelle all die vollen
oder leeren Reliquiare.
Rechts Schalen, Vasen, Bucheinbandplatten, Kreuze,
Weihwasserkessel, Thron, Reliquiare, Gläser,
Jaspis, Emailarbeiten, in Konstantinopel erbeutet
oder aus jüngerer Zeit.

Das schönste Museum byzantinischer Objekte, die meisten davon adaptiert, umgestaltet.

– Aus welcher Epoche? – Dieses Glas! – Erfreut. –
Mademoiselle? – Heiß. – So abscheulich! – Spanier.
– Hast du sie gesehen? – Die Freundin Theresa-Rosa!

– Ich komme aus Istanbul. – Grazie. – Man müsste …
– Ich fahre nach Aquileia. – Aus welchem Land?

Die Zeno-Kapelle am rechten Ende der Fassade. Eine Tür führt unter die Schöpfungskuppel, eine andere in das Baptisterium. Ursprünglich war es ein Portalvorbau zur Piazzetta hinaus. Auf dem Tonnengewölbe die Geschichte des heiligen Markus:

SANCTUS MARCUS ROGATUS A FRATRIBUS SCRIPSIT EV
›Auf Bitte seiner Brüder schrieb er sein Evangelium.‹
Auf einem Entwurf das Zitat: ›In meinem Namen
werden sie Dämonen austreiben‹,
im Text fortgesetzt mit ›in neuen Zungen reden.‹
Petrus bekräftigt sein Evangelium.
Er tauft in Aquileia.
Ein Engel erscheint ihm im Traum.
Petrus überträgt seinem Jünger, dem heiligen
Hermagoras, das Patriarchat von Aquileia.
Ein Engel erscheint ihm im Traum.
Er legt im Hafen von Alexandria an.
Heilt die Kranken.
Wird ermordet von Sarazenen,
während er die Messe zelebriert.
Sein Leichnam geschändet.
Begraben von den Jüngern Christi.
SEPELITUR BEATUS MARCUS A CHRISTI FIDELIBUS

Kaskade von Träumen.
Kaskade von Meeresfahrten.
Die Mosaiken sichtlich zeitverwandt mit der Moseskuppel, also Ende des dreizehnten Jahrhunderts, aber sehr restauriert.
Die verschlossenen Türen des Bronzesarkophags,

von A. Lombardo für den Kardinal Zeno gefertigt, der 1501 starb und seine immensen Reichtümer der Basilika vererbte.

– Sie nehmen den Vaporetto bis zum Bahnhof. –
Ich muss ihr unbedingt ein richtig schönes Geschenk
aus Venedig mitbringen ... – Mademoiselle! – Ich dachte,
Sie wären in Rom. – Ich? – Wie bitte? – Was kosten
diese Postkarten? – Ich komme aus Alexandria. – Lippen.
– Denken Sie, man darf? – Pinke Nägel. – Bitte.

Die Isidorkapelle am Nordende des Querschiffs unter der Empore, gestaltet und dekoriert unter Andrea Dandolo.

Der heilige Isidor trotzt den Flammen.
Der heilige Isidor spottet nur darüber, als er von einem Pferd über die Steine geschleift wird.
Der heilige Isidor gehört enthauptet.

Die herrlichen Rundschilde aus blauem Metall.
Die Mosaiken datieren wahrscheinlich etwas früher als die im Baptisterium, Mitte vierzehntes Jahrhundert.

– Hello! – Leiser. – Orange Perlen. – Du bist schön.
– Ja, das ist er! Ganz sicher! – Ich komme aus Florenz.
– Mademoiselle? – Sie fahren den Canal Grande ...

Die Cappella della Madonna dei Mascoli mit einem Altar von Bartolomeo Bon.

Auf dem linken Gewölbe, umgeben von
sehr komplexen gotischen Bauwerken, die Geburt
der Jungfrau und ihre Darbringung im Tempel.
MICHAEL GIANBONO VENETUS FECIT
Auf dem Gewölbe rechts in einem sehr
verschiedenen Stil:

Zentralperspektive, antikisierende Architektur, an Michelozzo erinnernd, Heimsuchung und Tod Mariä.

Um 1430; die internationale Gotik gegenüber dem Quattrocento der Toskana.

– Love … – Man müsste … – Denken Sie, ein Kästchen …
– How do you say church in Italian? – Rot. – Bitte.
– Ein Palazzo! – La chiesa. – L'amica Maria-Rosa!
– Do you really like that, dear? Well, you know …
– Eine Taube. – Ich glaube, man darf. – Sie! – Lovely!

Hinter dem Altar des heiligen Petrus in der Kapelle links vom Chor geht eine Tür in die Sakristei, erbaut 1471 von Giorgio Spaventa.

Am hinteren Ende Intarsienschränke nach Zeichnungen eines toskanischen Meisters.

Eine Tür rechter Hand geht auf den Hof hinter der Apsis, eine Tür linker Hand in die Kapelle des heiligen Theodor.

– Er! Sicher! – Und hier die Kapelle des heiligen Theodor.
– Wolken. – Australier? – Sind Sie untergebracht?
– Postkarten. – Nein. – Die Biennale in diesem Jahr …
– Ich war überzeugt, Sie würden sich kennen.
– Sonne. – Gebadet? – Rosa. – Eine Taube. – Ich fahre nach

Der heilige Markus hat den Platz des heiligen Theodor, des einstigen Schutzpatrons der Dogen, eingenommen. Die jetzige Kapelle, eine sehr verfeinerte, sehr reine Renaissanceadaption der byzantinischen Formen durch Giorgio Spaventa, liegt wohl ungefähr am Ort der einstigen Kirche.

Eine Geburt Christi von Giambattista Tiepolo datiert auf 1732. Satin und Stroh.

Die Fassade von Sankt-Theodor geht auf einen langgezogenen Hof, über den man vom Rio di Palazzo her zur Petruskapelle gelangt.

An den Wänden zahlreiche Baufragmente, auf die man bei Grabungen und Renovierungsarbeiten stieß.

Griechenland. – Wieviele Touristen! – Das ist von Sansovino. – Wir haben gerade Theodor getroffen. – Ich fahre nach Ägypten. – Sie! – Ich fahre nach Indien. – Sie wissen,

Weitere Fragmente an den Wänden im Hof hinter der Apsis. Der Eingang zu den Ateliers, wo die Mosaiken restauriert werden. Würfel für Würfel aufgezeichnet. Kopien. Fragmente.

Gips, Steine, Balken, Ziegel, Sand, Seile, Eimer, Kellen, Hämmer, Pinsel, Leitern.

Im Untergeschoss die sanitären Anlagen der Arbeiter.

wo Aquileia ist? – Mein Lieber! – Ja und? – Sonne. – Wirklich? – Sie wissen, wo Die Versuchung ist? – Sie gehen die Zattere entlang. – Hast du gesehen?

In den Sälen der ersten Etage über der Vorhalle wurde das Museum untergebracht. Schöne tiefliegende Kuppeln mit rosa Ziegeln. In der letzten, rechtsseitig, die alte Mosaikschule mit einigen Bruchstücken mittelalterlicher Entwürfe auf Gips.

Die ursprünglichen Köpfe der Mosaiken, erneuert gegen Ende des neunzehnten Jahrhunderts, besonders die der zwei Paolo Uccello zugesprochenen Krieger.
Die Holztafeln von Paolo Veneziano, die an den Wochentagen die Pala d'Oro abdeckten.

Die Orgelflügel von Gentile Bellini:
der heilige Markus, der heilige Theodor, der heilige Franziskus und der heilige Hieronymus.
Die zehn Tapisserien der Passion.
Sessel.
Leuchter.
Spitzen.
Perserteppiche.
Antiphonare.
Ein Kontrabass.

In der linken Ecke der Fassade unter dem Verkündigungsengel das alte Pendeluhrwerk.

– Dorothea. – La Riva dei Schiavoni. – Hello! – Prego.
– Venezianer, eine alte venezianische Familie, ein Palazzo! Du kannst dir nicht vorstellen was für ein Palazzo!
– Portugiesen. – Sie nehmen den Vaporetto bis zu den

Um auf das Dach zu gelangen, muss man eine Treppe rechts vom Chor hochsteigen. Das eigentümliche Gehgefühl auf dem Bleibelag. Die großen Mäandersträhnen, die der Regen über die Kuppeln gezogen hat. Die Balkenknoten im Innern. Die von Sansovino eingebauten Eisenringe, um ihr Einstürzen zu verhindern, inzwischen zweimal erneuert.

Hoch oben die raffiniert gestalteten Kreuze,
ein jedes siebenundzwanzig vergoldete Kugeln
in alle Richtungen streckend, wie über den
Spitzen freischwebende Regentropfen.
Eine kleine Metallfahne, die den Wind sucht.

Die Rückseite aller Statuen. Zwischen den Rücken die Säulen, die Wellen, die Wellen, Rücken und Säulen der Plätze.

Giardini. – Oh! – Aber ... – Wie sagt man auf Italienisch Basrelief? – Tunesier. – Ist Jerome mitgekommen? – Einen Kaffee! – Alte venezianische Familie ... – White Pearl. – Magnificent! – Ich finde den hier besser. – Gefällt er Ihnen? – Eine Taube. – Hier sehen Sie die Libreria von Sansovino. – Giovanni! – Licht.

Der neue Uhrturm, den Mauro Codussi im Jahr 1496 erbaut hat.

Die Mori, welche die Stunden schlagen.

Unter dem Bogen die von der Merceria herziehende Menschenmenge.

– So wonder ... – Glauben Sie dass ein Spiegel ... – Wie sagt man Ich liebe dich auf Italienisch? – Schau. – Der Nebel. – So nice! – Sie kannten sie? – Prego. – Monsieur! – Opal.

Auf dem Gemälde von Gentile Bellini sieht man schon drei Masten mit riesigen Fahnen und hohlen Kugeln obenauf, bloß angedeutet durch drei große Kreise – der maritime Raum –, bezüglich der Fassade nach links versetzt.

Im Jahre 1505 wurden die jetzigen Masten von Alessandro Leopardi aufgestellt, mit Meerzentauren verziert und, symmetrisch zur Basilika, mit geflügelten Löwen auf den Spitzen.

Aber auch die Hohlkugeln auf den kleineren Masten beidseitig der Balustrade sind bis heute erhalten.

– Erfreut. – D'oro. – Love ... – Isidoro! – Ich komme aus China. – Und wie war das Konzert gestern Abend? – Lina, Sie hier! – Sie nehmen den Vaporetto bis zum Anleger Cà d'Oro. – Glaubst du, man darf? – Ein Foto, Mademoiselle? – Mir gefällt der hier besser. – La gondola, gondola! – Leonardo! – Oh! – La Salute! – Sie wissen, wo

Der Campanile:

mit einem Spitzdach und zwei Arkadenetagen auf dem Holzschnitt von Erhard Reeuwich, eine Illustration im Buch ›Eine Pilgerreise ins Heilige Land‹ von 1486,
mit dieser zweiten Arkadenetage, doch einem abgeflachten Dach auf dem Plan von Venedig von Jacopo de Barbari, 1500 entworfen,
mit nur einer Arkadenetage, dem sehr spitzen Dach und dem Engel obenauf, schlanker als heute, von eher gelber Farbe auf den Bildern und Zeichnungen von Canaletto,
reduziert zu einem erbärmlichen Schutthaufen auf den Fotografien von 1902,
heute vergleichsweise sehr derb und sehr plump;

aber was für ein Aufzug!

der Turm von Babel zu sehen ist? – Gold. – Turchi. – Perlen. – Schatten. – Das sind Schatten. – Eine Taube. – Oh! – Ja bitte! – Sie folgen der calle larga di San Marco,

Die Loggetta von Sansovino, wiederaufgebaut am Fuße des Campanile, zerstört 1902 bei dessen Einsturz, mit Ausnahme der Statuen:

Minerva,
Apollon,
Merkur,
Die Friedensgöttin,

der Piazzetta, welche die Libreria an den Uhrturm und die Vorhalle anbindet.

ein Werk von Sansovino. – Sie nehmen den Vaporetto bis zum Anleger Frari. – Ich bitte Sie. – Frisch … – Ein Zimmer an den Zattere. – Wunderbar! – How do you say in Italian I love you? – Schön? – Aber ja! – Einen Eiskaffee. – Und Sie

Auf der rechten Säule, mit Blick zum Wasser, nahe der Libreria, der heilige Theodor, zusammengesetzt aus um die fünfzig antiken Stücken.
Auf der linken Säule, mit Blick zum Wasser, nahe dem Dogenpalast, der Löwe, dem manche eine assyrische Herkunft nachsagen, vielleicht auch eine chinesische, und dem man Flügel und Evangelium verpasste:

PAX TIBI MARCE EVANGELISTA MEUS

Vasari erzählt, bei Ankunft Sansovinos habe es ›zwischen den Säulen des Platzes die Auslagen von Fleischern und neben anderen Dingen Holzverschläge für die Bedürfnisse der Passanten gegeben, was entsetzlich und eine Schande für den Palast gewesen sei, für den Platz, für die Fremden …‹

denken wirklich, es wird ihr gefallen und sie findet es gut? – Ich muss ihr unbedingt ein schönes Geschenk besorgen, was halten Sie von einer Maske? – Aber ja! – Candy. – Der Nebel. – Müde? – Ich komme aus … – Das sind … – Cameriere! – Hat es geregnet? – Ich fahre nach … – Goldlippen. – Wassertücher. – Stark restauriert. – Eine Taube.

Ein letzter Strahl geht über das Gold.
Das Wasser.

SEQUENTIBUS SIGNIS

Goldwassernacht.

– Sie nehmen den Vaporetto bis … – Ich komme aus … – Sie wissen, wo … – Das Wasser. – Und Sie denken … – Und Sie glauben … – Wie sagt man … – Was? – Hello! – Und das? – Welches Land? – Aber ja! – Ist Marc mitgekommen? – Ein Glas. – Ice pearl. – Hast du bemerkt? – Ich fahre nach … – Rote Perlen. – Meravigliose! – Oh! …

MICHEL BUTOR DURCHLEUCHTET SAN MARCO

Ut pictura poesis: erit, quae, si propius stes,
te capiat magis, et quaedam, si longius abstes …
HORAZ, *Ars Poetica*

Wer spricht? Zu Beginn von Michel Butors *Beschreibung von San Marco* hört man die anonymen Stimmen der touristischen Besucher, die eine der berühmtesten Kirchen der Welt belagern. Sie befinden sich auf der Piazza San Marco und sind noch ganz mit ihren privaten Dingen beschäftigt: Was bringe ich den Lieben als Geschenk aus Venedig mit? Welches Eis bestelle ich bei welchem Kellner? Ist mir da gerade nicht ganz zufällig ein Bekannter begegnet?

Die Stimmen bringen keine Frage und keinen Gedanken zu Ende. Sie sind erregt und nervös, die umgebende, große Szenerie beunruhigt und wirkt auf sie ein, aber sie haben die starken Bilder der unmittelbaren Umgebung noch gar nicht wirklich zur Kenntnis genommen. Alles strahlt und leuchtet vielmehr reichlich diffus, und inmitten dieses Leuchtens glimmt die in Brand geratene Neugierde der Besucher, die im Raum des großen Platzes nach Orientierungen suchen. Noch abgelenkt von den Pflichten des touristischen Daseins, finden sie sich erst allmählich in einer unvertrauten Umgebung zurecht, sie haben vor, sie zu genießen, und sie wollen das so tun, dass sie diese Umgebung unbeschadet und angeregt (sowie durch kleine Vergnügen belohnt) wieder verlassen.

Auf die anonymen Stimmen der Vielen antwortet ein einzel-
ner Beobachter. Auch er nähert sich dem Geschehen au
der Ferne, kommt auf der Piazza zum Stehen und muster
die Scharen: Wie sind sie gekleidet? Was tun sie gerade
Wo haben sie sich postiert? Der Beobachter hat ein schar
fes, auf den Details verweilendes Auge. Er seziert die Meng
und ihr Treiben, und er tut es so, als betrachtete er ei
Gelände, das selbst erst langsam Gestalt annimmt.

Dann aber urplötzlich die andere Wahrnehmung – ein klei
nes Bild, wie ein Blitz: »Ein paar flüchtig wahrgenommen
Säulen zwischen zwei Fingern einer Hand mit glitzernde
Nägeln«! Aus dem Rumoren der anonymen Stimmen un
dem Bild der Vielen entwächst dieses Detail, wie ein Flucht
punkt, der vorerst nur kurz erscheint und geheimnisvol
wirkt. Ein paar Säulen? Wozu gehören sie? Was ist mit ihnen

Die Vielen bemerken das ferne Zeichen noch nicht, sie
hören Musik, lesen Zeitungen oder blättern in ihren Reise
führern, bis das zweite Detail schockartig aufblitzt: »Ein
Kuppel, die zwischen zwei Gläsern Fruchtsaft auftaucht.«

Hinter den akustischen und optischen Folien der Stimmen
und Bilder setzt sich das eigentliche Ereignis, dessentwegen
die Vielen überhaupt anwesend sind, langsam in Szene. De
Beobachter fokussiert aber vorerst nicht auf die Umrisse
dieser magischen, fernen Erscheinung, sondern widmet
sich weiter dem Treiben. Jetzt gilt das Interesse den unter-
schiedlichen Bewegungen der Reisegruppen, den Geräu-
schen, den Motivationen ihres Besuches.

Auf der großen Piazza von San Marco entwickelt sich
schließlich eine Woge, ein babylonisches Durcheinander,
ein Schaum, der unablässig neue, irritierende Konstellatio-

nen eingeht, bis der Betrachter die Basilika erstmals als Fixpunkt in den Blick nimmt. Und was sieht er? Worin besteht der erste, sich festsetzende Eindruck? »Die fünf Portale, die fünf Kuppeln.«

Fünf Portale? Fünf Kuppeln? Schon die knappe Fixierung dieses endlich zur Ruhe kommenden Eindrucks lässt aufmerken. Wo in der Welt gibt es Vergleichbares? Was ist mit diesem Gebilde, das bereits auf den ersten Blick so ganz anders erscheint als die uns bekannten Kirchen? Anscheinend hinterlässt es keine Empfindungen von Distanz und Ehrfurcht, wie wir sie sonst mit Kirchen verbinden, sondern einen ganz anderen Reiz, der mit der großen Piazza und dem Wogen der Menschenmengen zu tun hat.

Die Basilika von San Marco ist mit diesem Raum und den Massen, die ihn bevölkern, auf besondere Weise verbunden. Sie ist weniger ein sakrales Ereignis als eines, das im Hintergrund dieses Raums aus dem Wogen der Massen heraus allmählich an Bedeutung gewinnt. Indem der Betrachter sich nun ihrer Fassade zuwendet, erkennt er, worin die Verbindungen bestehen: Die Fassade ist ein Schaufenster, eine Auslage von Prunkstücken und Antiquitäten, die sich in den Läden unter den Arkaden der Piazza in Geschenkartikel verwandelt haben.

Das Hauptstück dieses Schaufensters bilden die vier Bronzepferde über dem Mittelportal, die im sakralen Raum eigentlich gar nichts zu suchen haben. Es sind Beutestücke aus Konstantinopel, luxuriöse Mitbringsel, exquisite Antiquitäten, die dem Schaufenster der Fassade besonderen Glanz verleihen. Wer sie wahrnimmt, erkennt rasch, dass die Fassade weniger religiöse Inhalte als Triumphe der venezianischen Eroberungen ausstellt.

Die fünf Portale und die fünf Kuppeln – sie haben, so betrachtet, wahrscheinlich ebenfalls mit den Repräsentationswünschen der Venezianer zu tun. In dieser einzigartigen architektonischen Anlage verwirklichen sich diese Wünsche, indem sie einer Kirche ein geheimnisvolles Studienprogramm venezianischer Mythen und venezianischen Glaubens geben. Erschließen wird es sich aber nur jenen Besuchern, die es Detail für Detail mit großer Geduld studieren und lesen.

Vorerst aber ist es noch nicht so weit, und wir stehen am Anfang. Was wir bis hierher höchstens festhalten können, ist, dass Raum, Besucher und Basilika, endlich zusammen betrachtet, eine effektvolle Einheit bilden, in der die Basilika von San Marco so etwas wie der Beweggrund oder die Triebfeder des vielgestaltigen Geschehens ist.

Zusammen mit den Massen bewegt sich der Betrachter nun auf die Fassade zu und gerät in die Nähe der fünf Portale. Sie sind eingelassen in fünf höhlenartige Zugänge (oder Nischen) mit bestimmten Bildprogrammen, getrennt durch wahre Wälder von kleinen Säulen. Die Bildprogramme verweisen auf den zentralen Mythos der Republik, den Raub und die Überführung einer Reliquie. Venezianische Kaufleute haben den Leichnam des Apostels Markus vor langer Zeit aus Alexandria entführt und nach Venedig gebracht.

Die Basilika von San Marco ist das prunkvolle Reliquienkästchen dieses höchsten Beutestücks und verwahrt zusammen mit dem Heiligen des Stadtstaates auch dessen symbolische Bilder und Sprachen. Wer sich ihr nähert, kann sie ahnungslos (und damit in touristischer Eile) durchlaufen oder aber versuchen, die symbolischen Zeichensprachen so zu verstehen, dass sich die Bedeutungsgeschichte Venedigs in sein Denken und Fühlen einschreibt.

Genau das ist das Programm, das sich der Schriftsteller Michel Butor Anfang der sechziger Jahre des vergangenen Jahrhunderts vornimmt. Die Annäherung an eine so genannte »Sehenswürdigkeit« ereignet sich dabei in einer Form, wie sie so nuanciert noch nie durchgeführt wurde. Sie entwickelt Schritt für Schritt ein Begreifen, das sich von der touristischen Wahrnehmung abkehrt und auf eine möglichst eingehende Aneignung kultureller Stoffe zielt.

Die *Beschreibung von San Marco* ist daher, ganz anders als der ironisch verwendete Titel suggeriert, eben keine »Beschreibung«, sondern die Durchleuchtung eines architektonischen Gebildes, die den nur scheinbar statischen Raum in einen literarischen Erzählraum von aufeinander bezogenen Bildern und Szenen verwandelt.

Weniger als zwei Jahrzehnte nach dem Ende des Zweiten Weltkriegs hat sich der Venedig-Tourismus damals längst erholt und ungeahnte Ausmaße angenommen. Vom späten Frühjahr bis zum frühen Herbst wird die Stadt in der Lagune wieder von den touristischen Massen durchflutet, die sich vor allem in der Umgebung von San Marco und Dogenpalast aufhalten, um ihre besonderen Bedürfnisse zu befriedigen.

Deren Programm steht seit über einhundertzwanzig Jahren fest – in den alle Jahrzehnte auf den neusten Stand gebrachten *Baedeker*-Reisehandbüchern ist es skizziert. Was ihr Erfinder Karl Baedeker seit etwa 1840 für den gesamten deutschsprachigen (und später auch für den benachbarten) Sprachraum entwarf, waren detaillierte Anleitungen für ein rasches und bequemes Reisen, die dem Fremden viele Mühen abnahmen und ihn instand setzten, die unvertrauten Städte und Landschaften ohne Hindernisse zu durchlaufen.

In möglichst knapper und konzentrierter Form boten die Reisehandbücher jene Informationen, die dafür notwendig waren. Sie enthielten auf wenigen Seiten kurze Abrisse zu Geschichte und Kultur, gefolgt von konkreten Hinweisen zur Reisepraxis (Verkehrswege, Verkehrsmittel, Unterkunft, Anschriften und Öffnungszeiten von touristischen Stationen etc.). Bevorzugte und mit besonderen Sternen versehene Ziele waren »Sehenswürdigkeiten«, deren Besichtigungen zu den Höhepunkten des touristischen Programms zählten.

Selbst bei so besonderen und einzigartigen historischen Gebilden ging es um Schnelligkeit und Effizienz. Der typische Baedeker-Tourist wollte nicht weitschweifig belehrt, sondern kurz und präzise informiert werden. Darauf reagieren die klassischen Formen der »Beschreibung«, die sich vor allem an die konkreten Fakten halten: Länge, Breite, Höhe, Gewicht und Materialien einer Architektur, ihre jeweilige Geschichte und ihren Endzustand zum Zeitpunkt der Besichtigung. Und, bezogen auf Bilder oder Skulpturen: Motive, Themen, Künstlernamen und Zuordnungen zu Stilen und kunsthistorischen Epochen.

Mit Hilfe des handlichen *Baedeker* nimmt der Tourist dieses Faktenmaterial in gebotener, gedrängter Eile zur Kenntnis, überfliegt es oder liest es sich (und anderen) vor. Sein Interesse richtet sich vor allem auf das, *was* er sieht, und damit auf eine kurzfristige Kenntnisnahme. Das Reisehandbuch führt ihn an die berühmten Orte und Schauplätze und macht aus ihnen Dekorationen der Reise, die er fotografiert und deren Abbilder er sammelt oder verschickt. Ihr geheimer Sinn besteht darin, sich »vor Ort zu beweisen« und damit kundzutun, *dass* man an einem bestimmten Schauplatz des touristischen Sehens gewesen ist.

Fragen danach, *warum* diese Schauplätze überhaupt existieren, wie sie sich auf andere, benachbarte beziehen und welches städtische oder landschaftliche Ensemble sie dadurch entwerfen, sind nicht von Interesse. Um sie zu beantworten, müsste der touristische Betrachter weitere Hilfsquellen heranziehen: Aufsätze zu Details des Gesehenen, Monographien, Kulturgeschichten von Räumen.

Genau damit aber wird er sich nicht beschäftigen. Sein Interesse zielt nicht darauf, einen Raum zu begreifen, sondern ihn so zu mustern, dass er wie eine charakteristische Tapete zum möglichst problemlosen Verlauf einer Reise erscheint. Deren wichtigstes Ergebnis ist der private, biografische und in den meisten Fällen mündliche Reisebericht, der lauter einzelne Mitteilungen (über Unterkünfte, Mahlzeiten, abendliche Unterhaltungen etc.) zu einem Film entspannten Vergnügens collagiert.

In der Bildfolge dieses Films spielen die »Sehenswürdigkeiten« keineswegs die Hauptrolle. Aller Geheimnisse entkleidet, erscheinen sie wie ferne Stelen, die angelaufen, umkreist und bewundert werden, letztlich aber ferne und fremde Götzen am Wegrand bleiben. Um sich ihren schwierigen Sprachen zu stellen, bedürfte es vieler Zeit und gewisser Mühen.

Sie aber möchte der Tourist auf *Baedekers* Wegen nicht aufbringen. Stattdessen »absolviert« er eine Tour mit überschaubaren Anforderungen und nebenbei erworbenen »Kenntnissen«, die nach wenigen Wochen und Monaten in der Erinnerung zu verblassen beginnen und schließlich vollends in Vergessenheit geraten.

Vor dem Hintergrund dieser Überlegungen werden die bereits anskizzierten Einzelschritte (und damit das besondere »Verfahren«) von Michel Butors »Beschreibung« noch deutlicher erkennbar. Sie setzt im anonymen touristischen Treiben ein, aus dem sich ein einzelner Betrachter (anfänglich noch selbst »ein Tourist«) herausschält. Anders als die Anderen bleibt er stehen, macht einen Halt und beginnt, das Treiben zu studieren. Seine Beobachtungen streifen Details und bleiben schließlich an Fluchtpunkten hängen.

Diese Hinwendung verdankt sich einer besonderen Wahrnehmung und einem individuellen Gespür: Was sich auf der Piazza San Marco an Energien zusammenballt, muss einen Auslöser und ein Zentrum haben. Indem der singuläre Betrachter dieser Ahnung folgt, fixiert er die ersten Signale: Säulen, Portale, Kuppeln – Zeichen eines geheimnisvollen, nahen und doch noch kaum ins Auge gefassten Gebildes, das vom Treiben und Wogen der touristischen Massen umspült wird.

In dem Moment, als der Betrachter einen Zusammenhang zwischen diesem Geschehen und dem in der Ferne lauernden Bau spürt, beginnt seine Annäherung. Er gibt seinen Halt auf und geht auf die Basilika zu, während er das Wogen der Menge als ein Fluten vor den Insignien einer einzigartigen Prachtentfaltung begreift. Je näher er kommt, umso klarer wird ihm deren Funktion: Sie verwendet sakrale Motive, um sie zur Darstellung venezianischer Mythen zu nutzen.

Im Blick auf die Bronzepferde über dem Portal, aber auch im Blick auf die Portale und Mosaiken in ihren Nischen und Bögen wird die besondere Magie der Fassade von San Marco erkennbar. Sie bewirkt jene Verzückung, für die touristische Massen besonders anfällig sind. Indem auch sie sich langsam dem prachtvollen Bau nähern, nehmen sie ihn weniger als Kirchenraum denn als Schatzschatulle wahr, die es rasch zu öffnen gilt.

An dieser raschen, problemlosen Öffnung ist Michel Butors ›Beschreibung‹ in keinem Augenblick interessiert. Faktische Angaben zu Höhe, Breite oder Länge des Gebäudes fehlen ebenso wie Informationen zur Baugeschichte oder die übliche Zuordnung eines Kirchbaus zu einem bestimmten Baustil. Wer danach fragt, folgt dem touristischen, auf Baedeker zurückgehenden Programm.

Statt auf eine Besonderheit zu reagieren und deren Gründe zu erfragen, behandelt ein solcher Tourist den Bau wie jeden anderen auch. Er reiht sich in die lange Kette der Besucher ein, wird durch das Mittelportal ins Kircheninnere gespült, durchläuft es mit einigen Blicken nach oben sowie nach rechts und nach links und lässt sich im Zuge einer einzigen, ununterbrochenen Durchlaufbewegung wieder aus San Marco hinausspülen.

Begleitet vom nicht aufhörenden Lärmen, Rufen und Reden der Touristen um ihn herum, entwickelt sich Butors Betrachter dagegen zu einem häufig für längere Zeit verweilenden Besucher, der jedes Detail des betretenen Raums als ein empfänglicher, bezauberter Gast ausführlich studiert und würdigt. Dabei folgt er ganz und gar den vorgegebenen Strukturen des Baus, schert nicht aus und blendet in keiner Phase seiner Wege auf biografische Hintergründe seines Erlebens zurück.

Nicht die Einordnung des Gesehenen in subjektive Bilderwelten ist das Ziel, sondern die Selbstoffenbarung des gewaltigen architektonischen Objekts, die nur dem haften bleibenden, niemals abschweifenden, hoch sensiblen Auge gelingt. Es lässt nicht los von den Farben, Figuren, Szenen und Bildern im Innern der Kirche, es liest ihre Inschriften, setzt sie zueinander in Beziehung und hütet sich dabei in jeder Sekunde, Funktionen eines bloßen »Kirchenführers« zu übernehmen.

Butors Betrachter hat ein ganz anderes Programm, als sich (vielleicht sogar noch vor den Augen von Gefolgsleuten und Reisegruppen) in einen Reiseführer oder klassischen Interpreten zu verwandeln. In erster Linie will er möglichst naiv wahrnehmen, hinschauen und dem Echo der Bilder und Sprachen folgen. Sein Haltmachen und das große Staunen, das dabei entsteht, ist Folge einer unglaublich verzögerten, meditativen Annäherung.

In ältesten Zeiten gründeten solche Formen des Kirchenbesuchs in der Andacht von Gläubigen. Butor rehabilitiert diese Andacht, nicht ohne sie vom Glauben zu trennen. Der Gläubige bezieht das Gesehene auf das, was ihm biblische oder andere religiöse Texte bereits schon einmal gesagt haben. Er stellt vor allem diesen Bezug her und empfindet seine außerordentlich beruhigende Wirkung.

Butors Betrachter fehlen jedoch die Voraussetzungen, eine solche Beruhigung als Glaubensstärkung zu empfinden. Stattdessen lässt er sich die Bilder des Glaubens erzählen, als erzählte San Marco sie neu und auf sonst nie dagewesene Weise. So deutet er sie nicht als Glaubensbestätigung, sondern als Aufforderung, das besondere, einzigartige »Glaubensbekenntnis« von San Marco erst zu ergründen. Die Basilika wird dadurch zu einer wahren »Sehenswürdigkeit«: nicht eine (mit drei Sternen) unter vielen, sondern eine ganz bestimmte, nicht vergleichbare.

In Butors »Beschreibung« entsteht das »Sehenswürdige« also erst allmählich, anstatt dass es einem Objekt schon immer anhaftet. Daher setzt sich der Bau vor den Augen des empfänglichen Betrachters ebenso langsam zusammen, wie der Betrachter selbst zu einem synthetisch beobachtenden Wesen wird. Das starre Gegenüber von Tourist und Sehenswürdigkeit, von kaltem Subjekt und sich bedeutend gerierendem Objekt, bricht zusammen – indem Betrachter und Bauwerk sich wie zwei mobile Körper aufeinander zubewegen.

Genau diesen fein abgestimmten Bewegungstanz setzt Michel Butor dem chaotischen Treiben und Tanzen der Massen entgegen. Im ersten Kapitel der »Beschreibung«, die sich der Annäherung an die Fassade von San Marco widmet, werden die Grundelemente dieses »Verfahrens« bereits vollkommen deutlich.

Die Portale, die Mosaiken darüber, die skulptierten Bögen in den Nischen werden von der Hauptfassade bis hin zu den Seitenfassaden Erzählelement für Erzählelement verfolgt. Das Wogen und Rauschen der Menge wird darüber immer schwächer. Das akustische Geräusch, das sich diesem Breitwandtosen entgegen stellt, ist ein ganz anderes: »Von Seite zu Seite rieselnd, von Buch zu Buch, von Text zu Bild, von Mengen aus Stein zu Mengen aus Fleisch und Blut.«

Ein »Rieseln« (ruisseau) nennt Butor die akustische Geheimspur, der er nun folgt. Sie ist das Geräusch des Seitenumblätterns, des Buchaufschlagens, der Umsetzung von Buchstaben in Mosaiken und Bilder, des Übergangs von festem Stein in lebendige, atmende Körper. »Gehen wir hinein«, beginnt das zweite Kapitel, das nach der Fassade die Vorhalle in den Blick nimmt.

Längst hat Butor uns, die Leser, mit seinem Betrachter in Verbindung gebracht, längst ist er nicht mehr allein. Indem wir Leser ihm folgen, entsteht das »Wir« der »Beschreibung« im Butorschen Sinn. In der Vorhalle macht sein Betrachter uns bekehrte Touristen auf einiges gefasst: »Nicht nur eine Architektur aus Mauerwerk und Marmor und kleinen Glassteinchen, sondern eine Architektur aus Bildern, eine Architektur aus Texten. Von allen großen Bauwerken des Okzidents vielleicht das mit den meisten Inschriften …«

Mauern, Mosaiken, Bilder, Texte, Inschriften – es muss ein besonderer Betrachter sein, der all diese so verschiedenen Materialien und Medien zu lesen versteht. Siebenunddreißig Jahre war Michel Butor alt, als seine *Description de San Marco* im Jahr 1963 als Buch erschien. Am 14. September 1926 in Mons-en-Barœul (bei Lille) geboren, hatte er an der Sorbonne Philosophie und Literaturwissenschaft studiert und später als Lektor in Ägypten, Griechenland, England und der Schweiz gearbeitet.

Sein Vater war, wie er selbst oft hervorhob, von Beruf ein Eisenbahner, daneben aber auch ein begeisterter Zeichner. Das »Eisenbahnbewusstsein«, das er dem Sohn hinterließ, bestand in einer Freude am Reisen und an all den Sachtexten, die dieses Reisen begleiteten. Butor liebte Kursbücher und ließ ganze Romane (wie etwa *Paris-Rom oder Die Modifikation*, seinen heute noch bekanntesten) während einer Eisenbahnfahrt spielen. Strecken, Stationen und große Bahnhöfe faszinierten ihn, so dass er auch den zeitlichen Verlauf von Erzähltexten häufig als präzis benannte Stationenfolge komponierte.

Die zweite Leidenschaft des Vaters, das Zeichnen und Malen, hatte Butor auch daran denken lassen, selbst Maler zu werden. Sie führte zu einer weiteren Faszination, die den Sohn ein Leben lang begleitete. Zeichnung, Malerei, Bildhauerei und Architektur beschäftigten ihn genau so stark wie die Literatur, was zu vielen Büchern führte, in denen Butor sich ausführlich einzelnen Kunstwerken, aber auch dem Gesamtwerk von Künstlern widmete.

Die *Description de San Marco* erschien zu einem Zeitpunkt, als er bereits vier Romane veröffentlicht hatte, die von der literarischen Kritik der in den fünfziger Jahren aufgekommenen Strömung des »Nouveau roman« zugerechnet wurden. Butor mochte solche Zuweisungen nicht – und in der Tat versteht man heute nicht gut, wie die gängigen Kriterien, mit denen diese Strömung beschrieben wurde, auch seine Romane zutreffend beschreiben sollen.

An erster Stelle stand die Abkehr vom psychologischen Roman, von der Einfühlung in die Motivationen seiner Figuren und in die Schablonenhaftigkeit ihrer Konflikte. So verweigerte der »Nouveau roman« den mitempfindenden Erzähler ebenso wie ausgebreitete atmosphärische Schilderungen von Räumen. Vorherrschend war eine betont sachliche, neutral und kühl bleibende Sicht auf die Ereignisse, die den Objekten den Vorrang vor den handelnden Subjekten gab.

Butor hatte anfänglich die Nähe zu Autorinnen und Autoren des »Nouveau roman« (wie Nathalie Sarraute oder Alain Robbe-Grillet) gesucht, sich aber schon bald anderen Genres als dem Roman und verstärkt der literarisch-topographischen Erfassung von Städten, Landschaften und kulturellen Terrains zugewandt. Sie war das Resultat seiner langen Aufenthalte als Lektor im Ausland, aber auch seiner Reiselust, die das Schreiben mit dem Reisen und das Reisen mit dem Schreiben in Verbindung brachte.

Um was es ihm im Besonderen bei der Erkundung bestimmter Räume, ihrer Kunstwerke, Architekturen und Planungen ging, bezeichnete er gern als »Genius loci«. Im Blick auf Venedig hat er diese für ihn charakteristische Formulierung präzisiert: »Man kann nicht nur Bücher über Tintoretto oder Tizian, sondern auch über Venedig schreiben und dabei versuchen, die Gründe für den Eindruck zu analysieren, den Venedig auf uns macht. Warum wirkt die Stadt auf uns mit einer solchen Macht des Traumes und der Offenbarung? Das nenne ich Genius loci. Eine Reihe von Städten, in denen ich mich umgesehen habe, hatten mir soviel zu sagen, dass ich versucht habe, sie genauer zu verstehen, ihren Genius zu analysieren.« (*Improvisationen über Michel Butor.* Aus dem Franz. von Helmut Scheffel. Graz-Wien 1996, S.126)

Eine Stadt, ein Kunst- oder Bauwerk im Sinne Butors zu analysieren, bedeutet also: die ganze Vielfalt der Eindrücke zu begreifen und zu verstehen, die von diesen mal größeren, mal kleineren Objekten initiiert werden. Typische »Beschreibungen« und Zuordnungen dieser Objekte zu Stilen oder Epochen helfen nicht weiter. Stattdessen geht es darum, die Eindrücke zu zergliedern und ihre Entstehung auf die sonderbaren Signale zu beziehen, die im Betrachter einen bestimmten, fixierbaren Prozess der Wahrnehmung auslösen. So geht der Blick von den Reizen des Objekts aus, sondiert dessen Details, spürt ihrem Zusammenspiel und deren Wirkungen nach und beobachtet, auf sich selbst bezogen, was dieses Begreifen im Betrachter an Veränderungen seiner Wahrnehmung hinterlässt.

Butors erste Aufsätze zur Erkundung des »Genius loci« (*Le génie du lieu*) erschienen in den späten fünfziger Jahren als Abgesang auf seine vier Romane. Einen fünften hat er nie mehr geschrieben, stattdessen aber begonnen, die Methodik der literarischen Raumerkundung immer profilierter an unzähligen Objekten aus aller Welt (Ägypten, Japan, Australien, USA etc.) durchzuführen. Bis zu seinem Tod (am 24. August 2016 in Contamine-sur-Arve) entstanden daher in unablässiger, nicht nachlassender Folge viele Aufsätze und Bücher, die Butors spezifisches Sehen und Wahrnehmen immer neuen Proben aussetzten. Das Genre des Romans hatte sich als zu eng und traditionell erwiesen. Butor suchte nach freieren, experimentellen Formen, die eine unvorhersehbare, vom »Geist« der Objekte inspirierte Annäherung an Figuren, Gestalten und Räume möglich machten.

Wir haben mit ihm die Vorhalle von San Marco betreten und kurz zurückgeschaut. Begleiten wir ihn nun weiter.

Das Studium der Fassade endete im Studium der fünf Portale. Das Studium der Vorhalle ist vor allem ein Studium der sechs zu ihr gehörenden Kuppeln. Worin besteht es?

Die bildlichen Darstellungen der Mosaiken müssen mit den Inschriften in Beziehung gebracht werden, die sich auf ihnen befinden. Zum großen Teil sind sie in lateinischer Sprache verfasst und sehr unterschiedlichen Quellen entnommen. Es kann sich um Zitate aus der Bibel, aus mittelalterlichen, religiösen Texten, um frei erfundene Texte oder auch um bloße Namen und Bezeichnungen handeln, die einzelnen Figuren beigegeben wurden, um sie identifizierbar zu machen.

Die Texte der Inschriften folgen also keinem einheitlichen, bereits vorliegenden Korpus, sondern reagieren auf das jeweilige Bildprogramm der Mosaiken. Es können Prosatexte, hymnisch anmutende Ausrufe, wörtliche Bibelzitate oder Deutungen der Szenen sein, die sich dadurch für den Betrachter besser erschließen. Zunächst aber müssen sie einmal gelesen werden, was selbst bereits einen ersten Akt einer Annäherung an ihr fortlaufendes Programm darstellt: »Ich habe die Inschriften der sechs Kuppeln der Vorhalle entziffert, habe die Worte getrennt und die verkürzten ergänzt.«

Der Betrachter Butors gibt die Inschriften (oft leicht verkürzt) zunächst im lateinischen Original wieder und erweitert sie dann (in einem zweiten Akt des Lesens) durch eine Übersetzung. »Dixit etiam deus producant aquae reptile« – so lautet (zum Beispiel) das lateinische Zitat, auf das die Erweiterung folgt: »Und Gott sprach: Es wimmle das Wasser von lebendigem Getier, und Vögel sollen fliegen auf Erden unter der Feste des Himmels.«

Die Inschriften bilden (einzeln, aber vor allem in ihrer Fortsetzung von Kuppel zu Kuppel) ein aus Wörtergirlanden bestehendes, von den Genres her sehr gemischtes Textprogramm, dem sich die Szenen und Bilder der Mosaiken beigesellen. Diese engen Bezüge zu vergegenwärtigen, darin besteht der dritte Akt des Butorschen Studiums.

Dabei kommt es auf eine Sprache an, die sich eng an das Bildprogramm anlehnt, es wachruft, benennt und in schwingende Prosa überträgt. Bezogen auf die gerade zitierten Inschriften, geht das so: »Doppelte Szene: das Meer und die Erde, nicht einmal die Erde, sondern Sümpfe. Die göttliche Geste verändert: geöffnete Hand, erhobener Daumen, die anderen vier Finger parallel gehalten. Die Vögel über dem Wasser: Möwe, Albatros, Ente, Schwan ..., die Fische im Wasser umgeben ihren Drachenfürsten, die Krickenten im Sumpf, den große Seerosenblätter bedecken, dicht darüber die Füße der Engel, jetzt sind es fünf, Schleier auf den Köpfen tragend und Mäntel über den Tuniken. Zwei Fabelvögel mit zwei Köpfen und kleinen Pfauendiademen.«

Eine solche Bildübertragung in Sprache verknappt maximal, lässt Verben und Adjektive womöglich weg und bemüht sich dadurch um Skizzenhaftigkeit: Strich für Strich folgt sie dem Gesehenen und segmentiert es in Worte. Dabei bleibt sie ein Flüstern, streng mündlich. Es kann sich (mitten im Akt des Betrachtens) korrigieren (»die Erde, nicht einmal die Erde, sondern Sümpfe«), und es kann das zuvor Gesehene mit im Auge behalten, um es auf das gerade Gesehene zu beziehen (»Die göttliche Geste verändert ...«).

Letztlich aber hat diese Erweckungssprache auch einen deutlich erkennbaren lyrischen Ton. Sie ist nicht nur Erweckung, sondern auch ein hymnisches Reden, in der Nähe von Beschwörungen oder Evokationen. So gesehen, wird Butors Betrachter nicht nur zum Medium der Basilika, sondern mehr noch zu ihrem Sänger.

Dieser Sänger ist zunächst einmal der Vorsänger der Inschriften und alten Texte. Er erweitert sein Vorsingen im zweiten Schritt um Übersetzungsversionen und besingt schließlich (in freiem, notierendem Gestus), was er sieht und erkennt. In dieser Mehrstufigkeit werden die sechs Kuppeln der Vorhalle mit ihren Mosaiken und Inschriften eine nach der andern in Sprache und Musik umgesetzt und verwandelt.

Das fortlaufende, zyklisch gearbeitete Bildprogramm beginnt mit den großen Szenen der Genesis, mit der Erschaffung von Himmel und Erde, Tag und Nacht – bis hin zum siebten Schöpfungstag. Indem der Betrachter den Wörtern und Bildern gefolgt ist, bemerkt er, dass ihre Auswahl und Komposition eine spezifische Deutung der Texte des Alten Testamentes entwerfen.

Diese verspielte Spezifik ist venezianisch, und sie folgt den auf venezianische Verhältnisse abgestimmten religiösen Zeichen der Fassade: »Ein Spiel mit Zitaten ist eine Interpretation, und ohne je die Orthodoxie offen zu verletzen, gibt uns die Bibel von San Marco eine venezianische Adaption des Katholizismus, die sich oft stark von der römischen Tradition unterscheidet.«

Butors Betrachter reduziert die offensichtlichen Anklänge, die zahllose Bild- und Textmotive mit dem mythischen Inventar von Venedigs Kultur verbinden. Sie immer wieder in Erinnerung zu bringen, würde den großen Bildgesang auf Seitenpfade und Nebenwege führen und damit verhindern, dass er ebenso »strömt« oder »rieselt« wie das pausenlos vor unseren Augen auf- und weiterziehende Bildprogramm.

Manchmal aber kann er doch nicht vermeiden, zumindest einige Silben über diese Anklänge zu notieren. Dann – nach Adams und Evas Vertreibung aus dem Paradies sind wir gerade bei den Bäumen der Erkenntnis angekommen – erstarrt gleichsam der Blick und lässt während dieses Erstarrens eine Assoziation zum Motiv der venezianischen Bäume zu: »Bäume, so selten, so kostbar in Venedig, Bäume, ganz Venedig wurde auf ihren Stämmen, Pfählen erbaut.«

Ein wenig später – die Sintflut liegt ebenso wie die Geschichte Noahs und seiner Söhne längst hinter uns – geraten wir an den Turmbau zu Babel und die damit verbundene Verwirrung der Sprachen. Und wieder öffnet sich urplötzlich, mitten im Beschwörungstext, ein kleines Fenster »nach draußen«: »Venedig mit seiner Kontrolle des Handels mit dem Maghreb, mit seinem Ghetto, seinen Verbindungen zu den Königreichen des Festlands, als Sammelstätte der in Babel verstreuten Gruppen. Die stolze Verwegenheit Venedigs, die Basilika und sein Campanile als Begegnungsort aller Sprachen, der die unterschiedlichsten Volker wieder zusammenführt, die Stadt der Pfingstfeier.«

Das aber sind Ausnahmen, denn, wie schon gesagt: Butors Betrachter bleibt und ist in anderem (nämlich ästhetischem) Sinn der Überwinder Babels. Sich langsam unter den Kuppeln der Vorhalle fortbewegend (und damit die Rahmung des Kircheninneren abgehend), singt er gleichsam in mehreren Genres von den Geschichten des Alten Testaments, bis hin zu denen von Joseph und Moses. (»Moses: aus den Wassern gezogen. Venedig: aus den Wassern erstanden.«)

Butors Betrachter verlässt danach die Kuppelräume der Vorhalle und macht sich auf den Weg in das Innere von San Marco. Seine Geduld erscheint grenzenlos, seine Neugierde unstillbar. Wie aber steht es mit uns, seinen Begleitern?

Uns erscheint es ratsam, den Gang durch die Basilika dann und wann zu unterbrechen. Wir brauchen eine Erfrischung, um dem Schwächerwerden unserer Kräfte entgegen zu wirken und die Fortsetzung des Butorschen Weges danach mit neuer Kraft angehen zu können. Butors Betrachter entlässt uns für einen kurzen Zeitraum, so dass wir die vertrauten touristischen Stimmen erneut hören: »It's so wonderful! – Hast du die Frau mit den rubinroten Lippen gesehen? – Was denkst du von ... – Sind das Ägypter?«

Setzen wir uns einen Moment auf die Piazza, trinken wir etwas Venezianisches und sprechen wir über den merkwürdigen Mann, der uns in die Basilika gelockt hat. »Cameriere! Einen *Bellini* bitte, ohne Eis!«

Einiges haben wir schon über Michel Butor erfahren, über den Abbruch seiner Laufbahn als Romancier, über seine Hinwendung zu den Künsten und seine lebenslangen Versuche, ihnen neue und experimentelle Sprachen abzugewinnen. In einem 1970 auf Deutsch erschienenen Band (*Aufsätze zur Malerei*. Aus dem Französischen von Helmut Scheffel) sind acht Essays enthalten, in denen er sich einzelnen Bildern zuwendet. Das erste ist Hans Holbeins des Jüngeren Gemälde *Die Gesandten* (von 1533).

Der Titel von Butors Essays dazu lautet *Ein Gemälde, in seinen Einzelheiten betrachtet* – und genau darum handelt es sich dann auch. Diesmal fährt der Blick des Betrachters jedes äußere Detail der beiden Gesandten-Figuren ab, wandert von ihnen zu dem Tisch, der sich zwischen ihnen befindet, fixiert die auf seinen Etagen postierten Gegenstände, untersucht das Bodenmosaik, richtet sich auf einen Globus und eine Laute sowie schließlich auf ein verstecktes Kruzifix.

Eine anderer Essay gilt, in derselben Manier angelegt, einem *Früchtekorb* Caravaggios – und wieder ein anderer den *Sechsunddreißig und zehn Ansichten des Fuji* von Hokusai. Butor hat sein Schauen, Benennen und Evozieren in diesen Essays noch immens verfeinert, so dass wir sein Durchwandern von San Marco als eine erste Grund- und Elementarlehre seiner Sehgewohnheiten verstehen können. Was aber steckt hinter diesem Detailfetischismus? Warum muss er sein, was bewegt er und worauf lässt er sich zurückführen?

Nach den Erfahrungen, die wir bisher als Butors Wegbegleiter gemacht haben, kann man sein lückenloses, visuelles und sprachliches Abtasten von Bildern als die Umsetzung dieser Bilder in Bewegungsabläufe verstehen. Während dieser Wanderungen oder Reisen werden einzelne Motive isoliert und mit anderen in Beziehung gebracht – und das so unermüdlich, bis die gesamte Bildfläche abgedeckt und in sprachliches Material verwandelt erscheint.

Der »tiefere Sinn« dieses Verfahrens besteht in einer allmählichen Auflösung des statischen und vor allem magischen Charakters von Bildern. Nicht zufällig liebt Butor vor allem solche, die einen besonders starken Zauber ausstrahlen: Stillleben wie den *Früchtekorb* Caravaggios, ein Zyklus von Hokusai mit vielen Ansichten des Fuji, die sich kaum unterscheiden ... Ihre Anziehungskraft wirkt so stark, dass der Betrachter vor ihnen wie gebannt erstarrt.

Eine Zeitlang scheint er sich nicht von ihnen befreien zu können, dann aber setzt langsam (und meditativ) das Herausheben der Details, das Fixieren ihrer Besonderheiten und das Verbinden des Vereinzelten zu Bedeutungsclustern ein. Farben, Volumen, Gegenstände und Figuren werden in ein Erzählen aufgelöst, das die Magie allmählich sprengt und die Darstellungen in den Raum des Betrachters zieht. Wenn er sich von einem Bild verabschiedet, hat er es »ausgelöscht« und gleichzeitig neu »erhellt«. Es leuchtet von nun an in anderem, erweitertem Sinn, hat seine ursprünglich hypnotisierende Wirkung jedoch verloren.

Und damit zurück ins »Innere« von San Marco. Wo treffen wir unseren Betrachter wieder? Unglaublich – plötzlich spricht er von einem »Ich« und nennt sogar die Tageszeit: »Ich betrete das Kircheninnere durch das Zentralportal; es ist spät am Nachmittag.« Was, fragen wir uns irritiert, bedeuten diese unverhofften Angaben?

Das »Innere« besteht aus der zentralen Anlage eines griechischen Kreuzes. Wer hierher gelangt, muss sich neu orientieren. Er geht nicht mehr nur unter Kuppeln (wie unter denen der Vorhalle), sondern bewegt sich unter den sakralen Einrichtungsgegenständen liturgischer Szenen. Aus dem »Wir«, das vorher noch in der Gefolgschaft des Sängers unterwegs war, wird daher das »Ich« des Betrachters, das jetzt seine eigenen, rituellen Wege geht und von seinen Begleitern verlangt, es ebenso zu tun.

Daher werden zunächst der bunte Boden und »der leicht gewellte Marmorplattenbelag« ausgebreitet – es ist der Teppich des Hauses, in das wir eingetreten sind. Die Gegenstände, denen wir nun begegnen werden, sind solche eines Wohnraums, die meisten von ihnen haben eine Funktion während der Gottesdienste und Andachten.

Sie werden gedreht, hochgehalten, entzündet oder auch nur ausgestellt, sie sind das eigentliche »Leben« des Hauses, das sich mit ihrer Hilfe als »Gotteshaus« etabliert. Ihnen gegenüber treten die Mosaiken in den Bögen und Kuppeln zunächst zurück – während die Ikonostasis, Statuen, Stufen, ein Pult und sechs Säulen sich zeigen, als wären sie Zeugen dieser Etablierung.

Schließlich: »Ich betrete den Chor« – und damit jene Zone, in der sich der Sarkophag des heiligen Markus unter dem Altar und hinter dem Altar die Pala d'Oro befindet.

Damit sind wir im eigentlichen Zentrum angekommen und setzen danach unsere »Runde« durch den Innenraum fort, die in eine »zweite Runde« (auf der Höhe der Galerien) mündet. Erst von hier aus lassen sich die höchsten Kuppeln betrachten und entziffern, die um die eigentlich venezianischen Bildinhalte (Geschichte des heiligen Markus, Geschichte der venezianischen Gemeinde und der damit verbundenen Heiligen) kreisen. Ihr Bildprogramm zu lesen, führt zum Höhepunkt aller Wege. Die Details können jetzt nicht mehr auf *einen* Blick hin erkannt, sondern müssen aus verschiedensten Blickwinkeln zusammengesetzt werden.

So erfordert die Lektüre dieser »dritten Ebene« die Anstrengung einer letzten Synthesis: »Lassen wir den Blick nun zur dritten Ebene hochsteigen, von der wir bis jetzt nur einige Partien in den Bögen gesehen haben, erheben wir uns in die Kuppeln, die im Ganzen zu sehen so viel Zeit erfordert und die es von allen Punkten der Basilika aus zu studieren gilt, um alle Details zu erkennen.«

In der Kuppel über dem Chor treffen wir auf die Gesprächsrunde der Propheten mit den Texten ihrer Prophezeiungen und Verkündigungen. Und zu beiden Seiten werden diese Visionen auf die zentralen Geschichten venezianischen Glaubens bezogen, auf den heiligen Markus (begleitet vom ersten Papst, dem heiligen Petrus) und auf die Überführung des Markus-Leichnams (begleitet vom heiligen Clemens, dem zweiten Papst).

Von der dritten Ebene an erweitern sich die Bilder zu Prozessionen: Die Allegorien der sechzehn Tugenden, die Evangelisten, die wichtigsten venezianischen Heiligen, die sechzehn Paare, die an die sechzehn Völkerschaften der Apostelgeschichte erinnern, ziehen an uns vorbei.

Den figuralen Abbildungen werden Texte »zugeschrieben«, in denen sie sich als Mitglieder der Prozessionszüge melden und ihre Textessenz zu deren Verlauf beisteuern. Zwei Beispiele – »Justitia« spricht: »Der Herr ist gerecht und hat Gerechtigkeit lieb.« Und »Fides« meldet: »Der Gerechte wird aus Glauben leben.«

Damit sind zuletzt alle Varianten, Figurales, Szenisches und im weitesten Sinne Bildliches so mit Texten zu durchdringen, dass die Wörter sich nicht wie bloße Illustrationen, sondern wie eigenständig agierende Bildelemente verhalten, durchgespielt.

Die Basilika von San Marco bot ihrem Betrachter Michel Butor so einen einzigartigen Anschauungsunterricht zu dem Thema, wie die Wörter in die Malerei eingreifen können. Wenige Jahre später (1969) hat er in einem breit angelegten Essay eine kleine Systematik dieser Bezüge entworfen.

Er beginnt mit dem Erstaunen darüber, dass ihr Autor sich als Pionier dieser Thematik empfindet: »Kaum hat man die Frage (nach den Wörtern in der Malerei, HJO) gestellt, erkennt man, dass es darin (in der abendländischen, HJO) unzählige gibt, dass sie aber noch nie wirklich untersucht worden sind. Eine erstaunliche Blindheit, denn gerade das Vorhandensein dieser Wörter unterminiert die durch unser Bildungssystem errichtete Trennwand zwischen der Literatur und den bildenden Künsten.« (*Die Wörter in der Malerei*. Aus dem Französischen von Helmut Scheffel. Frankfurt/Main 1992, S. 9)

Butors älteste Beispiele seiner Tour durch die Jahrhunderte sind mit jenen Auftritten von Wörtern im Bild vergleichbar, die er durch sein Studium von San Marco kennengelernt hat. In der Frühzeit dieser Berührungen lehnt sich der Text noch eng an Figuren an, nennt ihre Namen, schmiegt sich in ihre Heiligenscheine, erzählt Ausschnitte aus ihren Viten oder lässt sie zu Teilnehmern von Prozessionen werden, in deren Verlauf sie sich als solche melden und den Prozessionszug mitgestalten.

Selbst dann, wenn die dargestellten Figuren längst bekannt sind, wird der Name immer wieder genannt und geschrieben. Auch in der zyklischen Folge einer Geschichte tritt er stets von neuem auf, einerseits als Benennung, andererseits als Vorlage für das Gebet der Betrachter, die sich durch die Wahrnehmung des Textes aufgefordert fühlen, nun ihrerseits diesen Namen zu nennen und in seine Gesänge einzustimmen.

Die Wörter im Bild erhalten dadurch auch die Funktion, das Gebet der Gläubigen zu strukturieren: »Oft werden beide Sprachen nebeneinander benutzt: der Heilige ist mit seinem Attribut versehen, und doch wird sein Name auf das Bild geschrieben, sogar dann, wenn seine Identifizierung unproblematisch ist. In seinem Heiligtum, wo man schon immer einen bestimmten Heiligen verehrt hat, verändert man gewiss nichts an der Frömmigkeit, wenn man das Bild wechselt, und doch muss man dieses Bild deutlich mit dem vorherigen verbinden, und das um so mehr, je größer dessen Macht und Aura waren. Sicher glauben wir, dass es sich noch immer um den heiligen Markus handelt, doch das neue Gesicht muss auch von dem geflügelten Löwen und dem aufgeschlagenen Buch mit seinem Text begleitet sein, in dem das Wort ›Markus‹ steht, damit wir ihn anrufen können, wenn wir an diese Attribute denken ...« (*Die Wörter in der Malerei*, a. a. O., S. 42)

Mit dem allmählichen Verschwinden der Heiligenfiguren vor einem Goldgrund, in den der Text eingefügt wird, verschwinden auch die Benennungen, und es entstehen Texte, die, oft unauffällig, das Glaubensspektrum der Figuren auf indirekte Weise ansprechen. Sie finden sich auf den Seiten von geöffneten Büchern, auf beschriebenen Zetteln, die wie verloren auf einer Tischplatte liegen oder auf den Seiten eines Briefes, der von der jeweiligen Figur gerade geschrieben wurde oder den sie von einem Adressaten erhalten hat.

Die Wörter werden dadurch mobil und können zu geheimnisvollen Botschaften an den Betrachter eines Bildes werden. Er muss sie entziffern und auf die Figuren, das skizzierte Geschehen und den dargestellten Raum beziehen. Gelingt ihm das, so erweisen sie sich als Kommentar oder sogar als zentrale Essenz einer Szene, die von den Wörtern her eine Vertiefung erhält. Sie sprechen religiöse oder auch profane Texte an und konturieren die Lesart eines Bildes dadurch in einem erweiterten Sinn.

Durch die Jahrhunderte ist zu beobachten, wie sie diesen Charakter von versteckten Botschaften immer raffinierter und freier inszenieren. Oft treiben sie damit ein Spiel, flüchten in ein dekoratives Element oder erscheinen wie Spreu auf fliegenden Blättern. In dem letzten von Butor analysierten Bild, einem ›Stillleben mit einem Gedicht‹ von Juan Gris, erscheinen sie als Text eines Gedichts, dessen Gegenstände (eine Pfeife, ein Kartenspiel, ein Glas) selbst wieder auf dem Bild erscheinen. Die bildliche Darstellung fängt die geschriebenen Wörter auf, setzt sie in Szene und macht den Betrachter nicht nur zum Leser, sondern (möglicherweise) sogar zum Rezitator, der im Blick auf das Bild dessen Wörter rezitiert und dadurch Sehen und Sprechen zusammenführt.

Die Wörter in der Malerei – das ist der umfangreichste essayistische Text, den Butor zu einem der Leitthemen seines Lebens geschrieben hat. Blickt man von ihm auf die *Beschreibung von San Marco* zurück, so versteht man, dass dieser Text im Grunde nichts anderes ist als die Übersetzung der auf den Bildern enthaltenen Wörter in die eines Betrachters, der sie wiederholt, zitiert, erweitert und mit ihrer Hilfe seinen eigenen Text gestaltet. Dieser Text verliert die Verbindung zu seinen bildlichen und textuellen Vorlagen nie, er vermeidet Abschweifungen und konzentriert sich (beinahe schon manisch) auf die Durchleuchtung der Inhalte.

Mit ihm schreibt sich Butor in die Mosaiken und Bilder der Basilika ein, deren dunkler, den Blicken oft genug entzogener Raum dadurch zu einem leuchtenden, strahlenden, festlichen wird. So dass man schließlich behaupten könnte, dass Butor seine *Beschreibung* (und erst jetzt wird man die dezidierte Schlichtheit dieses Titels ganz verstehen) gleichsam als »die Vollendung« von San Marco versteht. Durch diesen Text kommen die Wörter und Bilder erst dort wirklich an, wofür sie gedacht und ausgewählt wurden: im sprechenden, singenden, den Hymnus der Basilika als vielstimmigen Gesang zelebrierenden, hochgradig inspirierten Betrachter.

Kapitel IV und V sind der mit Bedacht gewählte Abgesang. Er führt zunächst zu den Taufbildern und damit zu solchen, die dem Betrachter einen weiteren, nächsten Schritt nahelegen (ohne ihn einzufordern). Und er führt zuletzt, nach einer kurz gehaltenen Visite einiger Kapellen, hinaus ins Freie: zum Campanile (und dort hoch hinauf bis zum Blick auf die Stadt) und zur Piazzetta.

Dort warten zwei Säulen, die, dicht nebeneinanderstehend, eine Art Öffnung, Durchschlupf oder auch Tor ins Freie figurieren. Auf der linken steht ein Löwe, mit Flügeln und Evangelientext (»Pax tibi Marce evangelista meus«).

Die letzten Schritte des Betrachters führen durch dieses Tor zum Wasser. Es ist längst Abend geworden, das Wasser leuchtet (wie ein Nachklang des stundenlang Gesehenen) golden. Das letzte Wort des Betrachters fasst die drei großen Vokabeln (die der Farbe, des Elements und der Zeit) in einer genialen Raffung zusammen. Es lautet: »Goldwassernacht«.

Hanns-Josef Ortheil
Venedig, im Sommer 2018

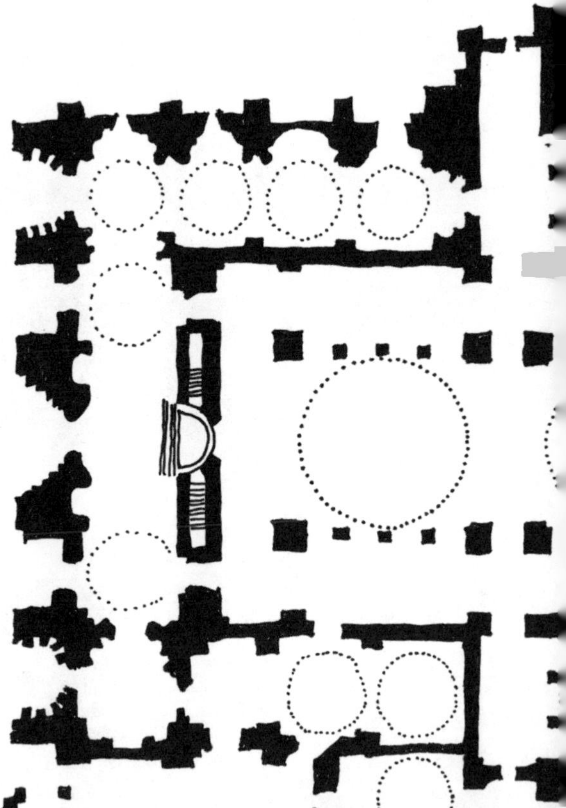

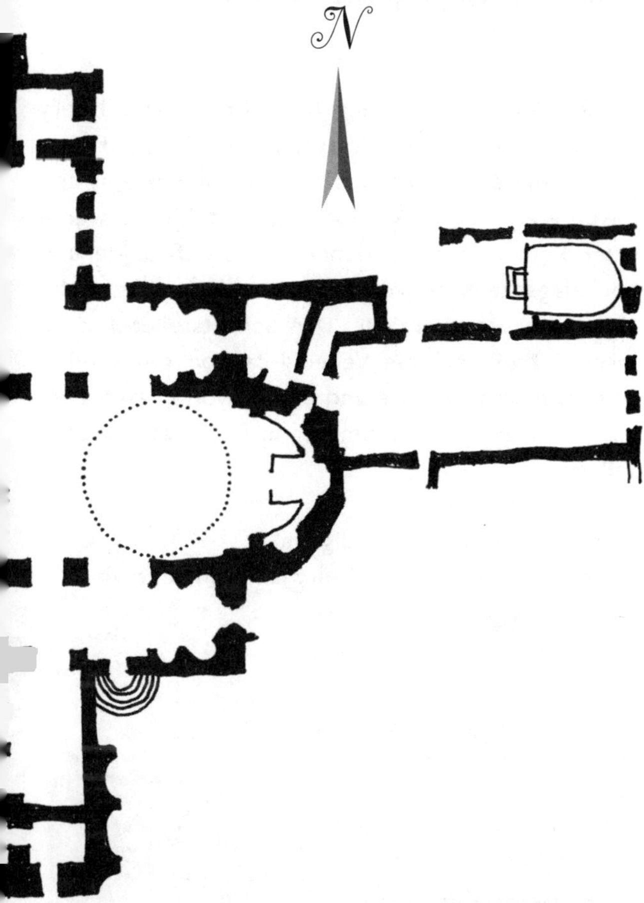
N

HENRY JAMES: In Venedig.
Begleitet von HANNS-JOSEF ORTHEIL

In die Buchausgabe seiner *Italian Hours* nahm Henry James (1843–1916) fünf Essays über Venedig auf, dessen Zauber er erlegen war: »I have fallen deeply and desperately in love with it.« Es sind Meisterwerke einer Porträtkunst, in denen James auf luzide und hochelegante Weise von den Atmosphären dieser einzigartigen Stadt erzählt. Der Schriftsteller Hanns-Josef Ortheil teilt die Venedig-Passion des großen amerikanischen Autors und erzählt von ihren Stufen und Facetten in einem umfangreichen Essay in sechs Teilen.

> »Henry James In Venedig und
> Hanns-Josef Ortheils Henry James in Venedig
> sind ein geniales Duett.«
> ERWIN RIEDESSER, Magazin 5plus

Übersetzt von HELMUT MOYSICH.
Handbibliothek Dieterich.
Fadengehefteter Leinenband mit
8 Originalfotografien.
288 Seiten, € 24,–
ISBN 978-3-87162-088-1

ALESSANDRA DE RESPINIS:
Cicchettario. Die legendären Rezepte des Al Bottegon in Venedig

Alessandra de Respinis ist Padrona der alteingesessenen Weinbar *Al Bottegon* in Venedig. Seit bald fünfzig Jahren verbindet die Meisterin der *cicchetti*-Zubereitung in immer neuen Kreationen die Aromen Venedigs aus Meer und Lagune sowie aus den fruchtbaren Gärten und Gemüseplantagen seiner Inseln und den nahe gelegenen Gebirgsregionen. Im *Cicchettario* hat Alessandra de Respinis ihre legendären, bisher geheim gehaltenen Rezepte erstmals schriftlich fixiert – gastrosophisch erläutert von Hanns-Josef Ortheil.

> »Ein Bàcaro wie das Bottegon ist eine ›Belebungsinsel‹. Die Cicchetti-Künstlerin Alessandra de Respinis hat ein Rezeptbuch *Cicchettario* zusammengestellt, in dem sie die Zutaten ihrer phantasievollen wie phantastischen Kreationen preis gibt.«
>
> HENNING KLÜVER, Kunstzeitung

Übersetzt von LOTTA ORTHEIL. Mit einem Nachwort von HANNS-JOSEF ORTHEIL. Mit 70 Federzeichnungen von ROBERTA BONCOMPAGNI. Hardcover in Fadenheftung, 192 Seiten, € 20,–
ISBN 978-3-87162-091-1

ISBN 978-3-87162-099-7

Titelmotiv: Amy_M / iStockphoto
Druck: Memminger MedienCentrum AG
Satz und Reihenkonzept: de Jong Typografie, Essen

Bibliographische Information der Deutschen Nationalbibliothek
Die Deutsche Nationalbibliothek verzeichnet diese Publikation in der Deutschen Nationalbibliographie: detaillierte bibliographische Daten sind im Internet abrufbar unter http://dnb.ddb.de

www.dvb-mainz.de